En la ausencia de los hombres

En la ausencia de los hombres

PHILIPPE BESSON

Traducción de Isabel Llasat Botija

Ọ Plata

Argentina – Chile – Colombia – España
Estados Unidos – México – Perú – Uruguay

Título original: *En L'absence Des Hommes*
Editor original: Editions Julliard
Traducción: Isabel Llasat Botija

1.ª edición: marzo 2026

ISBN: 978-84-10439-20-7
E-ISBN: 979-13-87899-18-9
Depósito legal: M-822-2026

Fotocomposición: Urano World Spain, S.A.U.

Impreso por: Rodesa, S.A. – Polígono Industrial San Miguel
Parcelas E7-E8 – 31132 Villatuerta (Navarra)

Impreso en España – *Printed in Spain*

Para Stéphane Cloutour

Si al final muero, esto es lo que harás: primero, tendrás mucha calma y la mantendrás, conservarás la sangre fría y no saldrás a la calle a gritar tu desesperación; tu dolor será tranquilo y digno.

RODOLPHE WURTZ
Carta desde el frente,
Septiembre de 1915

LIBRO PRIMERO

La ofrenda de los cuerpos

UNO

Tengo dieciséis años. Nací con el siglo.

Sé que hay una guerra, que hay soldados muriendo en los frentes de esa guerra, que hay civiles muriendo en los pueblos y los campos de Francia y de fuera de ella, que la guerra, más que la destrucción, más que el barro, más que el silbido de las balas que desgarran los pechos, más que el rostro abatido de las que esperan, a veces contra toda esperanza, una carta que no llega, un retorno que se retrasa una y otra vez, más que el juego de la política al que se entregan las naciones, es la muerte simple, cruel, triste y anónima de esos soldados y de esos civiles, cuyos nombres leeremos un día en los frontones de los monumentos, al son de alguna música fúnebre.

Y, sin embargo, yo no sé qué es la guerra. Vivo en París. Estudio en el colegio Louis-le-Grand. Tengo dieciséis años.

Dicen de mí: este niño es hermoso. Mírenlo, miren qué bello es. Cabello negro. Ojos verdes almendrados. Piel de chica. Yo digo: se equivocan, ya no soy ningún niño.

Tengo dieciséis años y ya sé perfectamente que eso, tener dieciséis años, es una victoria. Supongo que aún más cuando hay guerra. Porque yo me he librado de la guerra, y los demás chicos, los que son solo algo mayores que yo, los que se burlaban de mí, ellos no se han librado, y ahora están ausentes. Me quedo, pues, casi solo, en la victoria evidente de mis dieciséis años, rodeado de mujeres que me cuidan, de su afecto excesivo y temeroso.

Me gusta este siglo que empieza, que lleva mis esperanzas, que será el mío.

Mi madre lo repetía siempre, hasta el verano de 1914: nacer con el siglo es como una señal que nos envía Dios, como una bendición, como una promesa de felicidad. Estaba orgullosa de esta coincidencia milagrosa: mi nacimiento y el del siglo xx.

Mi padre, por su parte, hablaba de renovación. Creo que utilizaba el adjetivo «moderno». Me extraña que sepa su significado. Es un hombre del siglo anterior, un hombre del pasado. Es viejo. Mis padres son viejos. Mi concepción no estaba programada. Mi llegada fue fruto del azar. Transformaron lo que a primera vista no dejaba de ser una maldición en un acontecimiento grande e inesperado.

Doy las gracias a ese azar, a esa maldición.

DOS

Lo conozco en verano. Lo primero que pienso de usted: es viejo, tiene treinta años más que yo. No tengo nada que decirle. ¿Qué podría decirle un chico de dieciséis años a un hombre de cuarenta y cinco? Y lo contrario es igual de cierto. En cualquier caso, no nos decimos nada. Veo que me observa. No sé qué le inspiro: ¿apetito, deseo, repugnancia o, más probablemente, indiferencia? Creo que me mira como miraría a un animalito. Le he llamado la atención, pero no la he retenido. Además, usted es un personaje importante y yo no soy nadie. Los personajes importantes no pueden perder mucho tiempo mirando a jóvenes que no son nadie.

No hablamos. No tengo conversación. No sabría qué decirle. Ni siquiera lo intento. Ni siquiera por educación. Ni siquiera para procurar demostrar que soy educado. Sin embargo, sé que bastaría con pocas palabras. Hola, señor. Es un honor. Me alegro mucho. Algo así. Pero no me apetece jugar a ese juego, al de la urbanidad. Seguro que es por pereza. No hace falta ver otros motivos. No hay ninguna estrategia. Yo no sé tener estrategias.

Sin embargo, sigue mirándome. De vez en cuando. De reojo. Dando la impresión de que en verdad no me mira. Paseando la mirada por toda la sala y demorándola solo un poco sobre mí. Me doy perfecta cuenta de su juego. No pienso nada de él. Tengo dieciséis años. No pienso nada de un hombre treinta años mayor que yo.

Justo entonces una voz me susurra: ¿has visto como nuestro hombre ilustre te observa? Deberías sentirte orgulloso, decir algo, hacer algo, no quedate ahí plantado, solo como un jovencito al que observan. No respondo. Pienso: son los ojos verdes almendrados, el cabello negro, la piel de chica. No puedo ofrecer nada más. Nada que pueda retener la atención. Solo se me ocurre eso.

Me dirijo hacia el grupo que forman varias mujeres de edad indiscernible. Me acogen con una calidez exagerada. Siento que usted sigue mirándome. Ya lo he decidido: no pienso hablarle. Sus ojos sobre mí empiezan a desagradarme. Mis dieciséis años me pertenecen. No estoy dispuesto a que un extraño se apropie de ellos. Al menos, no sin mi consentimiento.

El verano entra por la puerta acristalada abierta. Se respira sol y calma. Salgo al balcón. Me sigue casi de inmediato, en un movimiento que no veo pero que siento. De forma distraída, o más bien fingiéndolo, dice: no sé cómo se llama. Vincent. Dice: bonito nombre. Ya sabía yo que iba a decir eso antes de que lo dijera: bonito nombre. Me doy la vuelta para verlo entero. Yo sí que sé cómo se llama. Aquí todo el mundo lo sabe. Por eso no se lo pregunto. Dice: sí, pregúntemelo, por favor. Ya nadie me pregunta nunca cómo me llamo. Le obedezco. Responde: Marcel. Solo Marcel, sin el apellido que lo sigue. Y me encanta que solo me dé su nombre de pila.

Siento que podríamos aproximarnos, que darme solo su nombre de pila nos acerca el uno al otro, que lo cambia todo, que ya no tiene cuarenta y cinco años. Lo miro y pienso: es increíble, si hubiera dicho su apellido, todo sería muy distinto. ¿Ha entendido que al pronunciar solo su nombre de pila modificaba de forma inevitable la relación que yo estaría obligado a tener con quien lleva su nombre y apellido? ¿Lo ha hecho usted adrede?

Claro que lo ha hecho adrede.

Dice: qué verano tan bonito. Me siento culpable por disfrutarlo. Digo: con este maravilloso sol te olvidas de la guerra. Ya ni sabes lo que es la guerra. Contesta: eso que dice usted es espantoso, no debería decir cosas así. Usted piensa como yo. Usted olvida la guerra. Y puede que se sienta algo mal por no avergonzarse de ello. Dice: su clarividencia tiene algo de inquietante, Vincent. Pronuncia mi nombre por primera vez. Y me gusta oírselo pronunciar. Me gusta la forma en la que dice mi nombre. Y ya sé que desde el momento en que ya ha pronunciado mi nombre no va a poder evitar preguntarme la edad. Dice: ¿qué edad tiene usted, Vincent? Dieciséis años. Tengo dieciséis años. No responde nada. No hay nada que responder: usted tiene cuarenta y cinco años. Se calla. Tengo los ojos verdes almendrados, cabello negro, piel de chica.

Hasta que de pronto se le ocurre qué puede decir: o sea, que ha nacido con el siglo. Lo miro con un sentimiento sincero de decepción, de desolación. Usted no. No como lo había imaginado hasta ahora. Es como una falta de buen gusto. Se da cuenta de su torpeza. Intenta compensarla con otra torpeza: pero supongo que eso se lo dice todo el mundo. Sí, tiene razón, todo el mundo, entonces ¿por qué usted también? Sin embargo, su segunda torpeza atenúa la primera. Es como una debilidad y, en un hombre tan importante como usted, esa debilidad resulta inevitablemente conmovedora. Y entonces recuerdo que es usted astuto, que ha demostrado una gran astucia al presentarse solo con su nombre de pila. Esa torpeza podría ser también una astucia. Esa idea, la de que incluso su torpeza podría ser una astucia, me seduce. Decido considerar que su error es su forma de actuar sin error alguno.

El sol aprieta aún más. Dice: vuelvo adentro. Esta luz no me conviene. El calor sí, pero la luz, no. Escucho el balanceo de su frase. El calor sí, pero la luz, no. Le sigo y entro aunque no me ha pedido nada. Y, de repente, veo que está sonriendo, está sonriendo de ver que le sigo aunque no me ha pedido nada. Le dejo sonreír sin decir nada. Pienso que ya tendré otras victorias.

Nos sentimos incómodos. En esa sala, ante la mirada de los presentes, conscientes de los susurros que acompañan cada uno de los movimientos que hace usted, buscamos cómo proceder, qué decir. Lleva un porte casi estático. Yo paseo la mirada por el suelo. Habría que decir algo, cualquier cosa menos frases hechas o, si no, callar y separarse. Pero seguir ahí, así, sin decirse nada, no tiene sentido, hay que pararlo.

Es más difícil para usted que para mí. Para empezar, sabe que lo están mirando, que están al acecho a la espera de ver cómo sale ahora de esta situación, de tener al lado a un joven de dieciséis años y no decir nada. Y usted es un espíritu brillante, un hombre cuyas ocurrencias se temen, cuyas respuestas mordaces se esperan, cuyas palabras se diseccionan, cuyo talento literario no se discute: seguro que sabe salir de este tipo de situaciones, encontrar las palabras adecuadas. Sin embargo, persiste en no decir nada, en mantener ese peculiar porte de la cabeza.

En mí entienden mucho mejor el silencio, quizá la incomodidad. Además, yo no soy nadie, a su lado no soy nadie. Sienten lástima por mí o esperan a que usted me despida. Sigue sin decir nada. No creo que me corresponda a mí hablar el primero. Callo. No sé cuánto tiempo permanecemos así, en un silencio mundano. No lo cuento. No se me hace largo. Sé que ese silencio está ahí, entre nosotros, y supongo que, en ese interminable silencio, lo que está en juego es otra cosa. Es nuestra relación que empieza a existir, a tomar forma. Es un vínculo que se está generando. Y ese silencio se convierte en una intimidad, una confesión. Es, a todas luces, un silencio maravilloso. Su cabeza erguida se relaja un poco. Cuando levanto la vista, veo que esboza una sonrisa. Está contento por haber triunfado en ese silencio, por haber hecho de él algo sólido, palpable, con significado. Los demás, los que miran, también empiezan a comprender. Piensan: mira, se acaba de producir ante nuestros ojos, ese hombre de cuarenta y cinco años y ese chico de dieciséis acaban de conectar, sin una palabra, sin un gesto. No ha pasado casi nada. Podríamos no haberlo visto, pasar de largo, pero ahí está, ese vínculo especial, se ha creado, se ha construido, es asombroso.

Fuera, al otro lado de la puerta acristalada aún abierta, sigue estando el verano, sigue estando el sol, apenas una ligera brisa que levanta una cortina, una calidez, una suavidad que lo baña todo. Basta con dejarse llevar por este verano, no hacer más que dejarse llevar, no querer nada. Basta con recibir este verano como un regalo, como algo que no deberíamos poseer y que, sin embargo, poseemos. El suelo cruje un poco. Las conversaciones se reanudan. Nosotros seguimos sin decir nada.

Al final dice: me gustaría volver a verlo. Y en su petición se manifiesta todo su deseo de hombres. Es un deseo conocido, de dominio público, aunque nadie lo mencione abiertamente. Todos saben y callan. Vivimos en un mundo en el que todos saben y callan. Usted mismo jamás expresa ese deseo de hombres. Está ahí, sin ser expresado nunca. En su ruego, me gustaría volver a verlo, está ahí, sin ser realmente expresado. Pero usted y yo y todos los demás sabemos lo que quiere decir. Respondo: por supuesto. No lo pienso. No tengo nada que pensar. La respuesta se impone sola.

Dice: venga a verme. Me da su dirección, pero yo ya la sabía. Iré. Sabe que iré. Finge temer que no vaya, pero la historia ya ha comenzado.

Por supuesto, no soy inocente. Ya no soy un niño. No hay que fiarse de los ojos verdes, la piel de chica, el aspecto frágil y delicado. No hay que creer que la mirada baja supone necesariamente timidez. No tengo ninguna estrategia, ya lo he dicho, pero sé lo que hago, lo sé a la perfección. Dieciséis años es la edad en la que todo es posible. No me prohíbo nada. ¿Por qué iba a prohibirme nada?

Tal vez es uno de los pocos de entre los presentes que lo ha adivinado. Ha notado algo en mi actitud, en mis gestos, en el movimiento de mis caderas. Ha visto lo que los demás no pueden ver porque no buscan verlo, cuando precisamente es lo único que usted sí que busca ver. Sabe que mis dieciséis años ya han dicho adiós a la infancia mientras sigo —y así gano doblemente— ofreciendo la imagen de la infancia. Sabe que esta forma que tengo de no negarme a hablar con un desconocido, que este acto consistente a ofrecerme como espectáculo sin sonrojarme, sin sentirme incómodo, que todo esto tiene un sentido. Somos los impúdicos.

Es más, no me subestima. Desde el principio piensa: no se le puede hablar como si no fuera a entender lo que no se dice. Lo entenderá todo, seguro. Inútil ser explícito. No es tonto. No sabe adónde le llevará hablar conmigo, pero sabe lo que conviene decir y no decir para poner el cebo. Estamos hechos para entendernos.

Descubro que estoy hecho para entenderme con usted, que casi me triplica la edad, usted que tiene por ocupación ser un hombre ilustre. Descubro que la guerra no solo no impide nada, sino que favorece estos acercamientos improbables. Sin la guerra, sin este magnífico verano en ausencia de los hombres, ¿nos habríamos conocido?

¿He sido alguna vez inocente? Si alguna vez lo fui, se esfumó enseguida. Creo que enseguida comprendí los juegos de los mayores, sus envites, sus discusiones en voz baja, sus insinuaciones, sus cobardías, sus esperanzas. Enseguida dejé de ser ingenuo. Perdí eso: la ingenuidad, la frescura, la inconsciencia. Sé que no le pasa lo mismo a todos, pero tampoco me jacto de ello. No he buscado nada, no he forzado nada. Pasó así y ya está. Y, al mismo tiempo, no intenté aprovecharme de esa situación, de mi precocidad. No lo convertí en un arma que podría haber utilizado. No. No añadí perversidad a esa precocidad. No soy perverso. La perversidad exige unos esfuerzos que no estoy dispuesto a realizar. En la perversidad hay algo de activo, de voluntario, que no entra en mi carácter. Yo no pretendo influir en los acontecimientos. Dejo que sucedan. Me limito a medir su alcance exacto, las posibles consecuencias. Tengo una comprensión del mundo y de los hombres.

A nadie le gustará que diga estas cosas. Pero ¿qué voy a hacerle? Lo siento mucho, de verdad. Lo digo sinceramente, créanme.

TRES

Como es lógico, nuestro primer encuentro tiene lugar en un salón. Uno de esos salones que usted frecuenta tanto, por los que deambula tranquilamente, que visita con deleite desde su adolescencia hasta haberse convertido en su símbolo o caricatura. Para sus amigos es un mundano; para sus detractores, un snob. No seré yo quien desempate. Después de todo, soy como usted. Hago mi entrada en sociedad a los dieciséis años, gracias a mi nacimiento, a mi apellido. Llevo frac. Observo esta comedia humana y participo en esta comedia humana. Soy producto de mi clase, tal vez su última encarnación, pero no me siento en absoluto obligado con ella. Hago lo que siempre se ha hecho en mi familia, pero no le concedo verdadera importancia. Estoy un poco dentro y un poco fuera. No siento ni orgullo ni vergüenza. Podría ser, si se me permite la manida expresión, el bello indiferente.

Usted ha buscado la embriaguez de esos salones, siempre ha preferido a cualquier otra cosa la compañía de la gente bien, ha sido un alumno aplicado, un invitado encantador, de espíritu avispado y prevenido, se ha ganado los galones de mundano, ha llegado a la alta sociedad mediante un trabajo meticuloso, arduo, evitando las torpezas, el mal gusto, detectando a los aliados indispensables, anticipando las desgracias de unos y los ascensos de otros, situándose siempre en la mejor estela, esperando el reconocimiento, la admisión a ese círculo cerrado, autárquico, narcisista, aspirando a un poder oculto o afirmado. Ha tomado las decisiones adecuadas para hacer olvidar un nacimiento, un peldaño por debajo de lo conveniente, solo un peldaño, la ausencia de un apellido, y también algo así —perdón por el espantoso término— como una religiosa desviación No le juzgo. De hecho, no pienso nada de eso. Lo miro, con su traje, deslizándose por entre ese mundo irreal. Y entonces adivino, como una evidencia que se impone de golpe, como una revelación solo a mí destinada que, por supuesto, no le basta con esa superficialidad, ha emprendido un trabajo de disección, se ha volcado a la autopsia de una época.

Me gusta esa idea, la de que, después de haber deseado tanto pertenecer a ese mundo, sea usted quien redacte su acta de defunción. Lo hace con elegancia, de eso no hay duda. Llego a su vida cuando usted ha caído en la observación clínica, lúcida, melancólica de su pasado. Acompaño a un cortejo fúnebre.

Es eso precisamente lo que le gusta de mis dieciséis años, este último vínculo con la juventud, en el momento en el que la vida empieza a acortarse peligrosamente. Y seguro que también un poco el reencuentro con el chico que fue usted. Quiero decirle, Marcel, que puedo aceptar ser todo eso a la vez, que es una aventura que me interesa, que no siento reticencias a ser lo que esperan de mí, que cualquier situación nueva me parece bien, que no he deseado ni siquiera imaginado lo que me está sucediendo con usted, pero que estoy tomando medidas para asumirlo. Al fin y al cabo, ¿por qué este verano de todas las tragedias no podría ser el verano de todas las comedias?

Un mensajero trae su carta. Escribe: espero verle este lunes a las seis de la tarde. Y es como una nota secreta que destinaría a una amante, como una misiva amorosa. Y así es como recibo ese bello papel blanco salpicado con su hermosa letra. En esas pocas palabras, en esa «esperanza» que formula, veo manifestarse de nuevo esa atracción que siente por los jóvenes y la delicadeza con la que sin duda sabe expresarla. No significa que no sospeche en usted también alguna bajeza y la inclinación por sensaciones más fuertes y sentimientos menos puros, pero presiento que le gusta demostrar elegancia con los de su entorno, o —aunque de esto todavía no puedo estar seguro— con aquellos con los que piensa vincularse. Aprecio despertar una esperanza, no lo dude. Sin embargo, sabe bien que se arriesga poco. Ha visto que no soy ni tímido ni ingenuo y que acudiré a la cita que me da. Desde nuestro bello silencio en medio del salón ante la atenta multitud, siento el deseo ardiente de saber qué rumbo tomará esta historia que se está escribiendo.

Mi padre expresa su orgullo: lee los artículos que usted escribe en *Le Figaro*, es un ferviente lector de ese diario. Piensa: mi hijo ha sabido llamar la atención de un hombre importante. No imagina qué le ha podido llamar la atención de mí. No ve nada. Nunca ha visto nada. Hasta el ridículo extremo de presumir ante sus conocidos de nuestro próximo encuentro en su casa. Su entusiasmo de ciego es recibido con un silencio incómodo.

Mi madre se muestra mucho más reservada. Ella sí que sabe lo que hay que temer. Le ha llegado el rumor. Pero calla. Ha pasado toda la vida callando, ¿por qué iba a hablar ahora?

Yo los oigo sin prestarles atención. Lamento el momento en que se me ocurrió informarlos de nuestro encuentro. Lamento semejante gesto de vanidad. Pero los remordimientos pasan. Su opinión tiene tan poca importancia y sus deseos, tan poco eco. Sus reprimendas o sus ánimos apenas me influyen. Nada de eso es grave. De hecho, nada es grave.

Me recibe en su habitación. Al principio, pienso: qué falta de pudor, la verdad, podría ser un poco más sutil, un poco menos grosero. Se percata de mi sorpresa, mi desilusión y mi desaprobación. Piensa: no me conoce tanto como cree. Al final, sabe muy poco sobre mí. Se explica: he pasado toda mi vida en habitaciones. En las habitaciones, concretamente en esta habitación es donde recibo, como, escribo mis libros y mis artículos para los periódicos, leo y, a poder ser, duermo. Digo: a poder ser, porque lo cierto es que duermo muy poco y siempre a horas en las que los demás han dejado de dormir. ¿Me cree? Sí. Le creo. Creo esta inverosimilitud. Dice: además, escribo libros sobre habitaciones. Mis libros están llenos de habitaciones. Las habitaciones son mi memoria. Todo nace en ellas. Le escucho. No digo nada. Ha decidido hablar. Le sigo hasta sus habitaciones. Constato que en ellas la gente habla, se acuesta, duerme, muere, se encuentra sola o en pareja, sueña. Y de repente me siento muy feliz de que me reciba ahí y no en cualquier otro lugar. Entiendo que ser recibido en otro lugar es señal de su indiferencia respecto a su invitado o anuncia su desaprobación. Casi me siento culpable de mi primera reacción de desconfianza, de incomprensión, de reproche. Dice: tener dieciséis años también es eso, no conocer todos los códigos, poder equivocarse todavía, ser injusto. Pero ya aprenderá. Lo miro y digo: sí, aprendo muy deprisa.

Dice: cómo me gustaría que nos hubiéramos conocido en Cabourg, en el Grand Hôtel. Ese sí que es un lugar maravilloso para conocerse. Allí también habría acabado por llevarle a mis aposentos. Ah, debería verlo, el Grand Hôtel, su vestíbulo extravagante de tanta grandeza, las mujeres que esconden el rostro bajo sus sombrillas, los niños bien educados, los adolescentes atormentados, las conversaciones en voz baja, las miradas furtivas discretas, las vistas al mar, el azul del cielo, un mundo que pasa. Sigue hablando, más para usted que para para mí: es extraordinario, el calvados, Normandía. Es la infancia, sí, pero también es una costumbre, una certeza a la que aferrarse, un punto de referencia, una seguridad. ¿Sabe que he pasado los ocho veranos antes de la guerra en Cabourg? Hoy es verano. Debería estar allí. Debería haberlo conocido allí. Al final me pregunta: ¿conoce usted Cabourg? No. Y se vuelve a ir, se sumerge en el embelesamiento de Cabourg, la magia de esa pequeña población costera transformada por la construcción del imponente y lujoso Grand Hôtel. Habla del paseo, de la arena fina, sí, la arena es más fina en Cabourg que en otros lugares, es bien sabido, de las casetas de playa, del casino, de las damas elegantes que forman esta extraña sociedad de los baños de mar. Y después habla del mar. Hablaría todo el día. Dice: deberían escribirse solo libros que hablaran del mar. Es lo único que importa, hablar del mar. Y no se imagina lo difícil que es saber hablar del mar. Yo le escucho sin decir nada. Recuerdo su silencio del día que nos conocimos. Su locuacidad es una sorpresa a la que me tengo que acostumbrar. Comprendo que lamenta no poder hallarse en ese lugar al que tanto cariño tiene. También sé que en esa forma que tiene de monopolizar la palabra se manifiesta su timidez, su temor a entablar una conversación conmigo. En cierto modo está prolongando, por otra vía, aquel momento en el que no hablamos, en el que no intercambiamos palabras, en el que no nos enfrentamos el uno al otro. Le da miedo nuestra intimidad. Prefiere ocupar todo el espacio. Yo no digo nada. Lo miro. No hago otra cosa, solo eso: no decir nada y mirarlo. No nos engañamos ninguno de los dos. Está claro que aún no estamos preparados para encontrarnos cara a cara.

Además, no es menos cierto que intenta impresionarme un poco, recordarme el hombre ilustre que es y la vida que lleva. Está sentando las bases, preparando el terreno. Y tiene razón. Mejor saber con quién se está exactamente. Y mejor admitir que se trata de un intento claro, ordenado e ingenioso de seducción.

Apenas una hora después, me despide. Lo están esperando. Sería muy descortés no acudir a la cita. Los comensales se sentirían terriblemente apenados. Al pronunciar esa expresión, «terriblemente apenados», su voz se vuelve tan aguda como la de una arpía mundana. No veo la necesidad de semejantes gorgoritos. No me gusta esa forma de hablar. Digo: podría ser su amigo si accediera a ser solo Marcel y no su personaje. Me mira, desconcertado, como si se le hubiera cortado el aliento. Parece decir: nadie me había hablado así nunca, a mí no se me puede hablar como me habla usted. Pero tiene la prudencia de no pronunciar esa frase. Sabe que, si pronuncia esa frase, yo cruzaré la puerta y no volveremos a vernos. Se aguanta: he ahí mi primera victoria. Con voz débil, admite: quiero ser su amigo. De pronto parece un niño pequeño, es increíblemente enternecedor. Y la desazón que le veo en los ojos es como una declaración. No resisto las ganas de darle dos besos. Y lo hago, hago ese gesto inconcebible e inconveniente. Le doy un par de besos. Nada premeditado. Obedezco a un deseo irreflexivo. Le doy dos besos y digo: entonces, sin duda, seremos amigos, Marcel. Pronuncio su nombre por primera vez y la sonoridad de su nombre pronunciado por mí es una sonoridad extraña y agradable para usted y para mí. Esta vez se queda completamente desconcertado. En cuestión de segundos, tan solo con un par de frases, le he amenazado con una separación definitiva, le he dado dos besos y le he llamado por su nombre. Sin duda es demasiado para asimilar de una sola vez. Es evidente que no está acostumbrado a situaciones así. Le duele no saber cómo controlarla, usted que se enorgullece de controlar todo tipo de situación. Y no sabe qué hay que contestar, qué actitud conviene más adoptar. Conservo la iniciativa y digo: le dejo, no quiero que llegue tarde, ya me acompaña Céleste, volveremos a vernos pronto. En la calle, la luz es bella. Es la luz de los atardeceres de verano. Pienso en usted, que se ha quedado plantado en medio de su habitación, con la huella de mis besos en sus mejillas. Sonrío.

CUATRO

L a guerra está ahí. Tiene tu rostro, Arthur.
Porque contigo, Arthur, la guerra irrumpe en mi
existencia ociosa de joven de buena familia.
Y esa irrupción se produce por sorpresa, con violencia.
No estoy preparado para esto, para acoger el horror
de una guerra, el sufrimiento de un soldado, la deriva de
un mundo.

La guerra era algo irreal, que sucede fuera de nuestras vidas. La guerra era algo lejano, a más de un centenar de kilómetros, una inmensidad allá en nuestros campos, en tierras que ya no nos pertenecen. La guerra era algo virtual, que no nos impedía ir al teatro, al restaurante, seguir viviendo con normalidad. La guerra era un susurro, un rumor incómodo, una irritación pasajera, un remordimiento enseguida superado, una mala conciencia fácil de sobrellevar.

Yo no soy responsable de esta guerra, no quiero tener nada que ver con ella, quiero que respete mi infancia, que conserve el cariño que me profesan las que se han quedado, que no entorpezca la evolución de mi relación con Marcel.

Y vas tú, Arthur, y desembarcas en mi vida sin siquiera anunciarlo, sin previo aviso, con tu espantoso cortejo de cadáveres, bombas y barro, tu terrible experiencia, inaudible de tan dolorosa, incomprensible e incomunicable, de pronto estás aquí, de pie ante mí, vestido de tus veinte años, y me miras con ojos tristes, cansados, apenas acusadores, hasta el punto de que preferiría que fueran totalmente acusadores. Y dices: abrázame, que al menos la vida no sea solo esta angustia de la muerte que vuelve loco, esta espera permanente, insoportable de la muerte próxima. Abrázame para que sea algo más que este soldado mugriento, este anónimo de las trincheras del norte de Francia, esta sombra gris y sucia. Abrázame para que haya sol, calidez, dulzura, todas esas cosas que hemos olvidado, que hemos perdido. Abrázame sin pensarlo, cuerpo contra cuerpo, boca contra boca, dame tu carne lechosa para que la bese y la acaricie.

Y, por supuesto, te abrazo.

Eres el hijo de Blanche. Te conozco de toda la vida. No te conozco nada. Eres el hijo de la gobernanta. Sé cómo te llamas, cuál es tu cara. Te he visto crecer antes que yo. No sé quién eres. Creo que nunca te he dirigido la palabra. Tienes veintiún años. Hace dos años que te fuiste a la guerra. Dos años ya que a mis ojos tu vida se resume en esta madre que llora, tu madre, una madre que teme cada día la llegada del correo, y en una fotografía protocolaria y mal hecha que no dice nada sobre ti.

Nuestras vidas no son compatibles, no hay más, nunca lo han sido. ¿Por qué tienen que cruzarse ahora en el gran caos de estos años de hierro y fuego? Para esto tampoco estoy preparado. Y lo que tampoco he visto venir es tu petición, tu súplica de que te abrace.

Dices: hace tiempo que lo sé, lo supe incluso antes de que tú lo supieras. Te observé en silencio, a escondidas, y vi como todo se iba poniendo en su lugar sin que tú te dieras cuenta. Mi deseo de ti nació con la guerra, el día que me fui a la guerra. Busqué una imagen a la que aferrarme Y la imagen que se impuso fue la tuya. Esa imagen me acompaña desde hace dos años. No me deja. Me ayuda a atravesar ese horror inconcebible. Está ahí, conmigo, siempre, deslumbrante.

Para mí la guerra es, antes que lo demás, y no puedes imaginar lo enorme que es ese demás, es mi amor por ti. Mi amor solitario, resplandeciente, que ha crecido durante dos años, durante mil años.

No sabría explicar por qué me decido hoy a confesar este amor, no sé cómo. Tal vez el miedo a la muerte es cada vez mayor, la amenaza cada vez más presente, y por ello tengo que hablar. Hay que decirlo antes de morir, no puedo morir con este secreto, este bello secreto. Además, pesa demasiado para que lo lleve un solo hombre, es imposible continuar con él a cuestas. Tengo que hablar para no enloquecer, sí, es eso.

Dices: es un gesto de auténtica desesperación y un gesto para salvarme.

No digo nada. ¿Qué podría decir?

Te haces un hueco entre mis brazos y es el territorio de tu sufrimiento lo que abrazo primero. Estrecho contra mí la guerra, el olor de la guerra, su rigidez, un bloque de granito frío, un cadáver. Es una sensación que al principio me asusta. Me obligo a reprimir el gesto de rechazarte, a no ceder al miedo. A mis dieciséis años no tengo la experiencia de los cuerpos, pero sé, como una lección aprendida desde la eternidad, sé con un conocimiento absoluto, que un cuerpo que se abraza no tiene esta rigidez. Mido con precisión hasta qué punto este cuerpo ha sido atacado, hostigado, magullado, cómo ha tenido que acostumbrarse a protegerse, a endurecerse, a encogerse. Mido la densidad de dos años de plomo. Y tú, claro, lo entiendes todo. Conoces la naturaleza exacta de tu ofrenda. Entiendes que se pueda tener miedo, que se pueda estar desamparado, desvalido. Durante dos años tu cuerpo solo ha conocido el frío, la amenaza, el combate. Pero sabes también que yo no voy a rechazar este cuerpo, que, por el contrario, voy a acogerlo, que posiblemente soy el único que sabrá acogerlo. Y no deja de ser curioso, porque has ido a elegir precisamente al que no sabe nada, al que no conoce los gestos, al que nunca ha abrazado otro cuerpo, al niño virgen. Y tienes razón. Ese primer abrazo tiene que ser así. Se vuelve evidente de pronto. Por eso te caliento el cuerpo, te transmito mi calor, doy vida a tu carne, borro la aspereza de tu piel, la vuelvo más tierna, más suave, más rosada. Hasta los temblores y los estremecimientos se vuelven calidez. Es un momento muy largo, lento y tranquilo. No pasa casi nada. Solo ese abrazo en silencio. Y ese casi nada lo es todo. Es inmenso. Es la vida entera. Es tu regreso entre los vivos. Es mi bautismo. Lo que está sucediendo tiene algo de sagrado, de milagroso.

Nos quedamos así mucho tiempo, verdaderamente inmóviles. Estamos en el centro de mi habitación, en el centro del mundo. Estamos inmóviles y vivos. Estamos lo más cerca posible de lo vivo.

Siento mi corazón contra tu pecho. Asciendo con la mano hasta tu nuca. Tienes el pelo corto y rubio. Acaricio esa nuca rubia. Es un gesto que sé hacer, que no es difícil, que es el gesto que esperas. Siento acelerarse el corazón, solo un poco. No tengo miedo. No tengo miedo.

Luego se encuentran las bocas, los labios se tocan, sin apresurarse. Llevas dos años esperando este momento y no te apresuras. Como si tuvieras la certeza de que era inevitable, de que se iba a producir, de que te bastaba con esperar. Tengo dieciséis años. Besas a un chico de dieciséis años, de ojos claros y pelo negro. El beso sabe a sal. Tienes los labios heridos. Mis labios se aferran a esa herida, tropiezan, la superan, vuelven al punto más accidentado. Es un encaminamiento. Soy un camino.

La ropa cae al suelo. Los cuerpos desnudos se miran. La guerra ha dado forma a ese cuerpo, ha transformado aun adolescente en hombre. Entre mis dieciséis años y tus veintiuno, entre mi torso endeble y tu pecho duro, se extiende una guerra. La luz amarilla del final de la tarde recorre las pieles. Me tomas de la mano. Te sigo hacia donde me llevas, hacia ese lugar en el que nunca he estado.

Deslizo la mano por el hueco de tu hombro, por el centro de tu pecho, por tu vientre plano. Con el dorso toco la carne suave y sedosa de tu pene. Instintivamente, lo entiendo todo. Nos entremezclamos en el más dulce de los viajes. Cierro los ojos y pienso: sin la menor duda, qué verano tan maravilloso.

CINCO

Por la mañana estás acurrucado entre las sábanas. Pienso que así es como los soldados se duermen y se despiertan en las trincheras, en esta postura, intentando en vano proteger su cuerpo de una bala, de un bombardeo o del frío. Pienso que no te he visto nunca en tu uniforme azul, manchado de barro y sangre, hundido en tu surco de tierra, en el silencio aterrador de la espera. Para mí, tú eres ese joven de bella piel desnuda y fresca, envuelto en las sábanas de mi cama, al cabo de mi primera noche de amor. Extiendo el brazo para tocarte, simplemente. Te estremeces sin despertarte. Paseo despacio la palma de la mano por tu cadera. Hace varias horas que ha amanecido. No me atrevo a arrancarte del sueño, del descanso.

Después, hablamos. Dices: creíamos que nos íbamos solo un verano, para combatir a un enemigo que era culpable de todo y volver victoriosos y heroicos, junto a los nuestros. ¿Qué nos ha pasado? Dices: tendrías que haber visto el día de nuestra partida, el entusiasmo de la multitud que había venido a acompañarnos hasta el tren, los aplausos, los gritos, los ánimos, el ambiente festivo, la atmósfera de feria al son triunfante de *La Marsellesa*. Y nosotros nos dejábamos llevar por aquella euforia, por aquel clamor generoso y confiado. Sentíamos algo de miedo, pero no mucho. Estábamos seguros de nosotros y de nuestro dominio. Éramos unos inconscientes. No tardamos en desengañarnos. Habíamos abandonado las cosechas, tras aquel buen verano de 1914, pero estábamos convencidos de que volveríamos a casa mucho antes de Navidad. Librar esta guerra y ganarla era lo mismo. No habíamos imaginado la desgracia que se nos venía encima, como un diluvio. Digo: recuerdo muy bien el alborozo de la gente, las despedidas con fanfarria. Nos habían dado permiso para ir a apoyar a nuestros futuros héroes. Es verdad que a mis ojos todo aquello parecía una alegre fiesta. Cuando vimos que no volvíais tan deprisa como nos habían dicho, la gente se calló. No se hablaba de eso, de la prolongación de vuestra ausencia. Era un tema que evitábamos. Cuando se reanudaron las conversaciones fue para hablar de otras cosas. Tratamos de olvidaros. Dices: lo sé. Lo sabemos todos. No lo perdonaremos. Tienes razón. No hay perdón posible para esta cobardía colectiva, para nuestras cobardías personales. No te pido perdón.

Dices: había decidido no volver a amar a los hombres. Pero contigo es distinto.

Dices: ya no me acuerdo de cómo eran las cosas antes de la guerra. Mis recuerdos empiezan en el verano de 1914. Todo lo anterior se ha perdido. Cuéntame. Pregunto: ¿para qué? Contestas: para impedir que los recuerdos sean solo de sufrimiento. Digo: antes era la «belle époque», una especie de edad de oro. Es lo que dirán después los libros de historia. Esta década podría haber sido la más bella. París resplandecía. Cuando busco entre mis recuerdos de infancia las imágenes que quedarán, lo primero que veo es el centelleo de París. Pero mis recuerdos no son los de todo el mundo: siempre he vivido en la opulencia. Estamos en la parte occidental de la ciudad, la de la luz. Seguro que otros contarían una historia muy distinta. Dices: yo. Yo contaría una historia muy distinta.

Cuando nos callamos, percibo que te vuelves a sumergir en tu desgracia. El territorio de tu desgracia es el lugar que ocupas. La desgracia es un punto geográfico.

No podré unirme nunca a ti en esa desgracia, es algo totalmente imposible. Sois millones los que conocéis esa desgracia, pero yo no. Ni siquiera me molesto en intentar imaginarla, sería absurdo. Simplemente, estoy en otro lugar. No me siento culpable por estar en otro lugar. Nadie puede culparme por eso. Estoy entre tus brazos: eso es lo que conozco. Tengo este conocimiento extraordinario, el conocimiento del espacio de tus brazos. Es mi felicidad. La felicidad también es un punto geográfico.

Cuando vuelves a hablar, vuelve la guerra. Dices: ¿cómo es posible que el asesinato de un archiduque en Sarajevo haya podido, él solo, desencadenar semejante barbarie? Respondo: supongo que todo estaba ya ahí, que ese crimen solo ha sido la chispa que encendió la mecha, que el odio entre las naciones se había ido acumulando con los años y que estalló de pronto en los primeros días de verano de hace dos años. Dices: esta desmesura de los nacionalismos es inconcebible. Me he vuelto pacifista. Pregunto: ¿eras belicista? Respondes: se es belicista cuando nunca se ha estado en la guerra, me refiero en persona. Y añades: no debería tener esta conversación contigo. Pregunto: ¿porque tengo dieciséis años? Contestas: no, porque estoy en tu cama.

No nos separamos. No conseguimos separarnos. Somos incapaces de separarnos. Somos los amantes nuevos. Somos felices y estamos exhaustos. No sé cuánto tiempo seguimos en mi habitación dejando que la luz cálida de un bello día se filtre por las persianas, no sabría medirlo. No sé cuánto tiempo permanecemos tendidos el uno al lado del otro entre las sábanas impregnadas de nuestro olor, de nuestro calor, no sabría decirlo, la verdad. Sé que esto podría durar toda una vida, que podría durar hasta que acabe esta guerra, que podría durar hasta la noche. Es una locura, un arrobo, algo que desborda. Es una revelación, una predestinación, algo que se impone. Es una felicidad, una dulzura, algo que da ganas de llorar. Escucho el balanceo de tus frases. No digo nada. Tengo los ojos muy abiertos, la frente perlada de sudor. Toda mi atención es para ti. No hay sitio para nada más, nada de nada. No digo nada. No quiero pronunciar palabras que no estarían a la altura de la situación. Tú eres el primer hombre.

Después me preguntas: ¿eres consciente de que cometemos un acto escandaloso? Soy un soldado. Tú tienes dieciséis años. Estas dos frases concentran todo el escándalo.

No soy en absoluto consciente del escándalo. No sé lo que es. Creo que sencillamente no entra en mis referencias. Soy el niño despreocupado. No tengo moral. Y, si la tuviera, seguro que no se vería afectada. Digo: lo que hacemos no es un acto escandaloso. No hay que razonar así. Sería un razonamiento falso. Y además inútil. Dices: no me convencerás de que este acto no es escandaloso. Lo será en cuanto se conozca. Debemos guardar el secreto si queremos conservar lo que hay entre nosotros. Acepto enseguida esa idea del secreto que me encanta. Ese encantarme te hace sonreír. Y en esa sonrisa se inventa un mundo. Te acaricio el cabello rubio. Abrazo tu juventud.

Dices: tengo que irme. Tengo que ir a ver a mi madre. Hace semanas que me espera, con un enorme sentimiento de terror. Ha llorado todas las lágrimas de su cuerpo. Es una mujer destrozada. Sabe que en cualquier momento puede perder a su hijo. Tiene ese conocimiento, que es atroz. Es inaceptable para una madre tener que contemplar la posible pérdida de su hijo. Es la mayor de las pérdidas. No sobreviviría. Las madres nunca sobreviven a la desaparición de sus hijos. Incluso vivas, están muertas. Cuando me vio volver, se tambaleó y se cayó. Su cuerpo cedió, se hundió. No pudo impedir caer lentamente. De pronto, todas las horas que había pasado esperándome, teniendo miedo, se acumularon en un segundo y ejercieron un peso aplastante. No resistió ese aplastamiento, esa compresión del tiempo. Cuando la levanté, se echó a llorar, claro. Me estrechó entre sus brazos, como si fuera la primera vez, como si fuera la última vez. Estrechó entre sus brazos al improbable superviviente. Me cubrió de besos. El amor de una madre es justo eso, esa efusión inmensa, ese desbordamiento como cuando un río se desborda de su lecho. Yo no lloré. No convenía llorar, no debía añadir a su dolor mi propio desespero. Ya temo el momento de la partida. Será un desgarro absoluto, un dolor insuperable. Quedará convencida de que me deja volver a partir hacia una muerte casi segura. Intuirá que el abrazo de despedida será tal vez el último abrazo de nuestros cuerpos. Pensará que quizá ya no volverá a ser madre nunca más. Solo la guerra puede crear una situación así. Piénsalo: solo la guerra. No hay nada tan importante como esto. Nada que tenga semejantes consecuencias. Tengo que volver con ella. Pero quiero volver a verte pronto. Quiero que pasemos esta misma noche juntos. Quiero que pasemos juntos todas las noches hasta que me vaya. No tendremos los días, porque se los debo a mi madre. Por eso debemos tener las noches. Digo: te esperaré. Sea la hora que sea, estaré aquí cuando llegues. Cuando por fin cruzas la puerta de mi habitación, ya te echo de menos.

Mi padre me dice: te han visto con el hijo de Blanche. Ya sabes cuánto apreciamos a Blanche, cuánto apreciamos su servicio. Por otra parte, no estaría a nuestro servicio desde hace más de veinte años si no la apreciáramos un poco. Su hijo me parece un buen chico. Un chico honesto, trabajador, que ha recibido una buena educación, que será maestro y que cumple con su deber como soldado para defender a su país. Pero debes comprender que estas personas no pertenecen al mismo mundo que nosotros, que conviene guardar las distancias. Siempre hemos desaconsejado esta confusión de clases, estas mezclas que no pueden dar nada bueno, créeme. Así pues, te pido encarecidamente que no te relaciones con ese joven, ¿de acuerdo? Aunque mis palabras te puedan parecer bruscas ahora, más adelante me agradecerás haber sabido preservar la integridad de nuestra clase. No respondo nada. Para mi padre, ese silencio equivale a una aceptación. No lo desmiento en sus espantosas certidumbres.

Mi madre, por su parte, dice que puede admitir estas cercanías provocadas por una época turbulenta. Está contenta de que su hijo no esté solo. Dice: esta soledad de la guerra puede volverse contra uno. No tiene por qué abstenerse de tratar con gente de su edad. No puede imaginar el tipo de trato que tengo con Arthur. Le agradezco su apoyo y su ingenuidad, que no es sino la expresión de su falta de inteligencia.

Al final de la tarde recibo un mensaje de Marcel. Es para otra cita. Y me alegro de la cita que me da. Me alegra saber que volveré a ver a Marcel. Esta alegría que siento es una alegría simple, desacomplejada, totalmente ajena a la extraordinaria aventura que empiezo a vivir con Arthur. No me avergüenzo de esa alegría, que es sincera y espontánea. No siento culpa ni vergüenza. Tampoco tengo la sensación de traicionar a ninguno de mis dos hombres. Pertenecen a esferas diferentes, a momentos separados. Sé que puedo amar a uno y al otro, que no es imposible, inconciliable, que, por el contrario, es casi una evidencia, una necesidad. Supongo, eso sí, que no debería hablarle al uno del otro, que, sin duda, les resultaría incomprensible de entrada, inaceptable, demasiado escandaloso. Sé de antemano que no diré nada, que no me cuesta no decir nada. Tal vez lamentaré no poder confesar nada, no explicarlo. Pero los remordimientos pesarán muy poco al lado de la enorme felicidad de mantener una relación con estos dos hombres a los que todo opone, todo aleja. No, no soy un traidor. Sí, soy un chico de dieciséis años, sin complejos, que no parte el mundo en dos entre lo que está bien y lo que está mal, que no cree tener que escoger entre la conversación amable de un viejo escritor y el cuerpo delicioso de un soldado doliente. Miro mi imagen en el espejo de mi habitación. Veo el pelo negro, los ojos claros, la ligera sonrisa.

Le hago llegar un mensaje a Marcel. Le escribo: veámonos mañana, hacia las cuatro, en el café del bulevar Saint-Germain que tanto me gusta. Veámonos, querido gran amigo, puesto que así es como a partir de ahora deseo llamarle. Le escribo eso y sé que se presentará a la cita.

Cuando vuelvo a ver a Arthur por la noche, enseguida veo que ha llorado. Le veo los ojos enrojecidos, el rostro marcado por las lágrimas, una tristeza espantosa. No digo nada. Espero a que hable. Quiero que salga de él, que no diga nada que no salga de él. Permanece callado mucho tiempo. Se produce un silencio interminable, inmóvil. Tomo su mano en la mía. Nuestras palmas se tocan, con una ligera presión. Sus ojos no miran nada. No le suelto la mano. Me enrosco a su alrededor. Me quedo detrás de él, con el vientre contra sus lumbares. Apoyo la mejilla en su nuca, contra el buen olor del cabello rubio, contra la bella suavidad de la piel clara. El latido de su corazón es regular. Se instala la calma, la tranquilidad. Entonces se da la vuelta y nos miramos. Los rostros se rozan. Cabe imaginar la magnífica locura de los rostros de dos hombres tan cerca uno de otro, la enorme sensualidad de ello. El beso es una deducción de semejante proximidad. Cuando las bocas se toman, el sufrimiento parece borrarse, desaparecer. Ese único beso concentra nuestras almas. No existe nada más que ese beso. Ocupa todo el espacio, todo el tiempo. Es el resumen de dos vidas. Sus labios saben a sal.

SEIS

Por supuesto, llega usted tarde. Y su entrada en este café es por sí sola un acontecimiento. Aquí le conoce todo el mundo y nadie se atreve a dedicarle más que una mirada furtiva, un saludo distante, una palabra cortés. Los camareros parecen aplicados a un sofisticado ballet, deslizándose de mesa en mesa, con su uniforme en blanco y negro, creando a su alrededor un aura, un círculo invisible. Mi presencia dentro de ese círculo todavía asombra a todos. Algunos ignoran por completo quién soy, otros han oído hablar de un encuentro en el salón de la marquesa de V. y suponen que yo soy el objeto de ese encuentro, otros no saben nada pero hablan como si supieran mucho, y otros que estaban presentes durante nuestro primer encuentro revelan mi identidad: Vincent de L'Étoile. Imagino lo que dice el rumor que ha empezado a correr por París y creo que me importa un bledo. Es más: entiendo que este alarde en un lugar público no hace sino confirmar el rumor, transformarlo en una verdad establecida, una certeza. De hecho, su primer comentario gira en torno a esto: espero que entienda, mi querido Vincent, que nuestra cita de hoy, en este lugar público, dará lugar a numerosos comentarios en el microcosmos, que en cuestión de horas se habrá ganado usted una reputación. Pero claro que lo entiende, todo eso ya lo sabe. Supongo incluso que lo ha hecho a propósito, que le divierte esta situación, que hay en ella algo de provocación. Digo: no he hecho nada premeditado. Lo único que me importa es verlo. Dice: lo peor es que me lo creo, creo en su sinceridad. Verdaderamente, es usted un ángel. Le oigo decir esto: es usted un ángel, hablar de mi angelidad y me doy cuenta de que se puede ser el ángel de alguien, y que yo lo soy de usted, soy su ángel y sé sin la menor duda que no podría ser el ángel de nadie más.

Dice: me encanta su precocidad. Yo a los dieciséis años era solo un hijo. El hijo de un médico muy importante, ¿lo sabía? La cátedra, la facultad, la Academia, todas esas cosas imponen a un hijo. Recuerdo una sombra proyectada sobre nuestras vidas, de un hombre más grande que todos nosotros, sin que acabáramos de saber si aquella grandeza era una bendición o una desgracia para nuestro futuro como hombres. Visto en perspectiva, diría que nuestra indiferencia recíproca era más fingida que real, y que al final sí que aprendí de mi padre. Todo lo que se cuenta sobre nuestro supuesto odio son pamplinas. Sí, él era un científico y yo un hombre de letras. Sí, él era un individuo que se dejaba llevar por la ira y yo, el asmático, soy necesariamente tranquilo. Sí, él solo amaba la República y yo me deleito en los salones de la aristocracia. Sí, él estuvo entre los que condenaron al capitán Dreyfus y yo fui uno de sus escasos defensores. Sí, él nunca llegó a comprenderme y yo no estoy seguro de haber llegado a quererlo. Pero, aún así, había afecto entre nosotros, algo así como el recuerdo del vínculo filial. Además, el tiempo lo cura todo y solo deja en la superficie las imágenes que realmente queremos conservar. Las que me quedan de mi padre no son nada feas. Y ya he pasado la edad de los rencores. Entonces usted me dice: hábleme de su padre. Contesto: sinceramente, no hay nada que contar. No pertenecemos a la misma vida, pero tampoco creo que eso sea grave para ninguno de los dos. Dice: la maravillosa crueldad de la juventud, capaz de pronunciar las condenas más definitivas como si nada. Le da risa. No se confunda, Marcel, no he querido exhibir maldad alguna. Quiero contarle las cosas sobre mi padre tal y como son y, precisamente, no son. Me mira con insistencia. Dice: ¿se da usted cuenta de que estamos teniendo la primera discusión? Contesto: puede que los padres sirvan para eso, para reunir a los hijos. Dice: me gusta hablar con usted. Conocerlo ha sido un acontecimiento importante, sin duda. ¿Cuántas veces, a lo largo de una vida, se tiene la sensación clara y precisa de haber conocido a alguien que será importante en ella? Esa es la sensación que tengo con usted. Ah, Vincent, si usted lo aceptara, creo que podríamos ser amigos. Respondo: yo ya soy su amigo. Mientras hablamos, ya se ha producido esa amistad.

Hábleme de su madre. Todo el mundo dice que fue el gran amor de su vida. Hábleme de eso, de lo que soy totalmente ignorante, que es un gran misterio, algo prácticamente inabordable. Y ya sé que mis palabras no serán de su agrado, que no debería decir cosas así, que se enfadará conmigo, aunque me lo niegue. Pero prefiero ser sincero con usted, Marcel. Porque se enfadaría aún más si fingiera ser distinto. Sí, Marcel, hábleme del amor de un hijo hacia su madre, de la ternura de una madre hacia su hijo. Responde: es difícil hablar de mamá, hablar de ella de forma directa, nombrándola. Mis libros hablan de ella: debería usted leerlos. Por lo demás, los libros les sirven a los escritores para hablar de sus madres. Todo lo que quiera saber sobre la mía lo encontrará en mis escritos. Está en todos ellos. Sale al principio, desde la primera frase escrita, nunca me abandona. Su presencia lo impregna todo. Es la gran figura tutelar, la guía, la que muestra el camino. El culto que le rindo es religioso. No se imagina la influencia que ha ejercido en mi existencia, la que sigue ejerciendo casi diez años después de su fallecimiento. A menudo pienso que mi vida, que toda mi vida se ha moldeado en torno a ella, que todo procede de ella. Pregunto: ¿pero nunca hubo rebelión? Responde: sí, claro, la rebelión es indisociable de la sumisión de la misma forma que el odio no está nunca lejos del amor. Entiéndame, también he tenido que vivir con ese sentimiento de no ser exactamente quien ella esperaba, y aceptarlo, y asumirlo, pese a la culpabilidad. No he cedido en lo esencial. Porque, además, ¿cómo hacerlo? En los últimos años de su vida, también luchamos el uno contra el otro. Y es necesario que el hijo venza a la madre, es el sentido de la historia, es la victoria del tiempo. He esperado, tal vez más que otros, a que el tiempo me ofreciera esa victoria. Pero tiene que saber que, pese a todo, soy un hijo inconsolable. El fallecimiento de mi madre fue la tragedia más grande. Me destrozó.

Creí que no sobreviviría a esa pérdida, que no sería capaz. Digo: sin embargo, ha sobrevivido. Dice: reconozco esa libertad de expresión y de pensamiento que percibo en usted. Pero debería procurar no herir a los que lo quieren. Contesto: no era mi intención herirlo. Creo que se sobrevive a todo. Creo que la vida es más fuerte. Creo que el tiempo es asesino y borra los rostros del pasado, llevándose con él los trances que creíamos que no podríamos superar. Dice: entonces, ¿usted no quiere a su madre? Respondo: no me ha escuchado. No siento ninguna antipatía hacia mi madre. Simplemente, ya no siento cariño. Ambos hemos aprendido a fingir y a conformarnos con eso. Dice: su vida de joven es decididamente triste, por más que usted no lo sepa. Contesto: mi vida no es triste, porque le tengo a usted, Marcel.

Me mira, emocionado por ese cumplido con el que he sabido darle la vuelta. No sabe cómo valorar exactamente un cumplido así. No me pregunta nada. Prefiere no saberlo. Prefiere quedarse con el dulce recuerdo de ese cumplido y creer que es cierto. Sigo el hilo de su pensamiento. No digo nada. Sobre todo, no digo nada.

Al final vuelve a hablar. Sepa que no quiero ser como un padre sustituto para usted. No tengo nada de padre. Y no es ese el tipo de relación que deseo tener con usted. Me entiende, ¿verdad? ¿Me entiende cuando rechazo esa paternidad y le pido otra cosa? Sí, por supuesto que lo entiendo. Entiendo que usted es un hombre sin descendencia, que es algo que debió de saber muy pronto en su vida y que asume, que no desearía tener que cargar con un hijo, que la paternidad le resulta por completo ajena.

Se ve a primera vista. No debo por lo tanto buscar eso en usted. Pero es que no lo busco, porque no siento la falta de un padre, no siento esa frustración, no es una imagen a la que necesite vincularme. Marcel, no quiero que sea mi padre. Ya se lo he dicho y se lo vuelvo a decir, porque no me cuesta admitirlo: quiero que sea mi amigo y creo que eso es perfectamente posible, que para ello ha de hacer como he hecho yo, olvidar la diferencia de edad, de historia y, por supuesto, de futuro entre nosotros. Tiene que llevar hasta el final la lógica de su deseo de mi compañía. Dice: ¿cómo lo hace usted? ¿Cómo lo hace para suponerlo todo, entenderlo todo y hacerlo todo tan sencillo? Y encima esa franqueza… Digo: hay que intentar acercarse lo máximo posible a la verdad. Es lo que exige menos esfuerzo.

De la manera más extraña, el bullicio de la cafetería se aplaca un poco. Como si de pronto el pudor reclamara sus derechos en una suerte de ensordecimiento de las conversaciones. A nuestro lado, una pareja se contempla en silencio. Más allá, un anciano está sumergido en la lectura de *Le Figaro*. Fuera, en la acera, parece que la gente camina al ralentí. Me tomo unos instantes para observar ese apaciguamiento. Dejo pasear la mirada. Dice: ¿en qué piensa? Respondo: precisamente, en nada. Miro el mundo que nos rodea, ese mundo singular de gente en las cafeterías, ese mundo que es un instante, una reunión fortuita. Pienso que no volveremos a tener la compañía que tenemos en estos momentos, que quienes están aquí, en este lugar, no se conocen entre ellos, se hallan juntos por casualidad, se dispersarán sin sentir ninguna pérdida, no volverán a verse, que esta presencia solo dura el tiempo de tomarse un café, leer un periódico, escribir una carta, contar una infancia. Y esa idea mi interesa, sin que sepa explicar por qué. Dice: lo que le interesa es la fugacidad y el azar. Lo que le interesa es el instante presente, su futilidad, su esencia mortal. Tener dieciséis años también es eso: vivir solo en los momentos perecederos, mientras que a mí solo me agradan los acontecimientos que duran, que echan sus raíces en el pasado lejano, en la memoria. Llevo la vida tras de mí y trabajo para recuperarla, volver a montarla, darle sentido. Es otra de nuestras diferencias. Digo: tiene razón. Este trabajo del que me habla es una actividad a la que ni siquiera se me ocurriría dedicarme.

Dice: a los dieciséis años uno cree que no tiene recuerdos, cree que solo tiene un futuro. En resumen, en lo que tiene razón, cien veces razón, es que la vida le espera, como una avenida que se abre ante usted, como una senda virgen que no se sabe dónde acaba. En lo que está equivocado, cien veces equivocado, es que puede que lo esencial ya esté decidido, que todo se haya formado en la infancia, en los años que acaba de cruzar: que lo que pase después solo sea una consecuencia de lo que ya ha sucedido. Por eso hago ese trabajo de memoria, que se interpreta como nostalgia y por el que se me tacha de añorante. Escudriño el pasado para comprender mejor el presente y encuentro en el presente sensaciones que ya he experimentado en el pasado. El recuerdo viene a tender un puente entre el ayer y el hoy. Tan sencillo como eso, no hay que buscar más. Digo: el tiempo son estos minutos con usted, es eso y nada más.

Un camarero se acerca con un sobre para usted, que desliza sobre la mesa cual misiva secreta, con aire conspirador. Me divierte la puesta en escena. Me divierte que el camarero intente trasladar la importancia que usted tiene al sobre que trae a su nombre y, de rebote, a su portador, es decir, a él mismo. Usted no advierte ese manejo algo ridículo. Finge indiferencia a ese universo doméstico que lo rodea y se preocupa únicamente por el mensaje que le entregan. Dice: ¿me permite? Permito, asintiendo con la cabeza. Lee con atención el contenido del sobre, como si su vida dependiera de él. Adopta el gesto de concentración que se dedica a la lectura de las obras más difíciles. Al final levanta la cabeza: hijo mío, me temo que hoy tenemos que dejarlo aquí. La marquesa de V. está enferma y me reclama. Educado como soy, digo: espero que nada grave. Contesta: la marquesa de V. agoniza tan a menudo que, cuando llegue la noticia de su fallecimiento, la acogeremos con el mayor de los escepticismos. Sin embargo, su amistad me es muy valiosa y creo que la mía también lo es para ella. De modo que nos debemos el uno al otro. Digo: ¿me deja pues? Responde: sí, pero volveremos a vernos muy pronto. La próxima vez le daré cita en el Ritz. Es mi cuartel general. Digo: hay peores lugares para librar batallas. Sonríe. En el momento de separarnos, dice: ah, bueno, ¿hoy no me da dos besos? ¿Le impresiona la gente? Juraría que me está retando y que, en el fondo, cree y espera que yo no tenga la osadía de recoger el guante. Entonces le salto al cuello. Se queda algo rígido ante semejante muestra de efusión inesperada. Intenta mantener la compostura, pero no acaba de lograrlo. A nuestro alrededor, algunos no han podido evitar volverse. Salimos del café entre murmullos y miradas escandalizadas.

Marcel, me encanta la frescura que me permite.

SIETE

Me reencuentro con tu carne. Paso de un mundo al otro. No es tan difícil.

Primero me tomas entre tus brazos. Tienes ese gesto inmediato, instintivo de buscar mi contacto, de estrecharte contra mí, de imprimir tu cuerpo sobre el mío, de alcanzar ese momento en el que entran en simbiosis, en que sus esponsales los transforman en un solo objeto. Primero buscas mis labios, dibujas un beso, encuentras mi lengua, mezclamos las salivas. Primero surge esta fogosidad irresistible, esta necesidad del otro, la intimidad carnal. Primero tú no hablas, no dices ni una sola palabra. La habitación se llena de nuestro silencio, del sonido exclusivo de los cuerpos que se rozan, del suspiro de las bocas que se entrelazan. Es el silencio más sensual, el que lo dice todo sobre lo que somos, lo que nos reúne, lo que nos espera. Te dejo hacer. O, mejor, espero que hagas lo que haces. Mi boca desciende por tu pecho, al que he despojado de sus ropas. Trata de apoderarse, en un intento vano, de la piel, los músculos, los huesos, la esencia. Es un beso carnívoro. A veces percibo un estremecimiento. Sé que es el placer, que no hay culpa, no hay sensación de hacer nada malo, no en este instante en que nos damos el uno al otro. Los labios siguen su descenso, se detienen en el bajo vientre, donde está más firme, donde se mide la fuerza, donde se ejerce el poderío y donde, en cambio, la vulnerabilidad parece mayor, donde se confirma el riesgo porque caen las defensas. Y, entonces, la boca roza el pene. Me maravilla la increíble suavidad de tu sexo. No sé, no lo puedo saber, si es igual con todos los hombres, pero presiento la increíble suavidad universal del sexo de los hombres. Te lo desfloro con la lengua. Conozco los gestos del placer, como un experto, como un debutante. Los conozco como si se conocieran desde la eternidad, como algo innato. Tu sexo se endurece dentro de mi boca. Nada podrá pararnos.

Solo cuando nuestras simientes secan nuestros cuerpos cansados, te decides a hablar. Solo cuando hemos terminado la solemne comunión te sientes capaz de decir algo. Y, por supuesto, sé que vas a evocar la guerra, que no podrás hacer otra cosa, que no podrás escapar de esa obsesión, de eso que te pesa tanto que ha acabado convirtiéndose en ti. Dices: lo que te hace entrar de lleno en la guerra, más que el reclutamiento, más que la llegada a esa orilla desconocida que es el frente, más que las primeras palabras torpes intercambiadas con los compañeros de infortunio que tienen en común contigo la posibilidad de no seguir vivos al día siguiente, más que la espera febril, tiritando en medio de ríos de fango, más que las órdenes a gritos, es la primera vez que sales de la trinchera para lanzarte al ataque. Ese momento preciso, esa primera vez, eso es la verdadera guerra, la guerra para ti, es el riesgo máximo. Esa exposición de los cuerpos, esa ofrenda es el riesgo máximo. Hay que haber vivido ese momento para entender que es el miedo absoluto, total, insuperable, y una locura, un puro suicidio. Nadie, fuera de nosotros, puede entenderlo. Es incomprensible para todos vosotros. Y no sé por qué, pero os guardo rencor por esa incomprensión, cuando no tenéis la culpa de que os sea imposible entenderlo. Guardo rencor a los vivos por no saber lo que es la muerte, guardo rencor a los que se han quedado por no saber qué es haber partido, guardo rencor a los que cuentan algo que no han vivido, por hablar sin saber. Y, en cierto modo, esa saña ayuda a aguantar. Pregunto: ¿a mí también me guardas rencor? Contestas: a ti nunca he podido guardarte rencor, pese a que a ti te lo han dado todo, te han protegido de todo, pese a que tú deberías ser el que más rencor me despierta. Pero ¿cómo iba a guardarte rencor cuando te amo desde hace tanto tiempo?

Pienso: acaba de decir estas palabras, te amo. Acaba de decirlo, te amo. Estoy maravillado y aterrado por lo que ha dicho. Soy incapaz del menor movimiento. Mis labios están sellados. Él se ha callado. En el aire queda suspendida la sonoridad de lo que ha dicho. Llena toda la habitación. Al cabo de un momento, deposito la cabeza sobre su vientre, mi mejilla cálida sobre la carne dura. Pienso: Arthur, estamos viviendo la mayor aventura que existe.

Con la cabeza aún apoyada contra tu vientre, la mirada sobre la carne blanda de tu sexo, te oigo decirme: lanzarse al ataque es consentir morir y es desear vivir, con pasión, con rabia y ese deseo ardiente, furioso de vivir solo puede expresarse con la muerte del otro, del enemigo. La guerra es un péndulo. Solo vivimos si el otro muere. Y solo ganaremos si los otros mueren más rápido que nosotros, y en mayor número. Es así de simple. Entonces salimos al ataque para matar. Con el pánico en la barriga, salimos a matar. Nuestras bayonetas son protecciones insignificantes si ellos son más numerosos que nosotros, si utilizan obuses o gas, pero son nuestras únicas protecciones. Son lo único con lo que podemos contar. Acabamos queriéndolas como se quiere a una persona, como alguien que nos acompaña. Y también podemos odiarlas cuando se atascan, cuando son puros cuchillos de carnicero atacando a ciegas, atravesando carne, ensartando cuerpos anónimos en un horrible revoltijo. Vincent, he matado a hombres, a soldados alemanes, a chicos que tenían mi edad, mi pelo rubio, mis ojos azules. Algunos, sin duda, eran muy guapos. Muchos, como nosotros, sin duda, no habrían querido formar parte de esta historia. No sé a cuántos. No sé cuántos murieron porque yo los acuchillé. Un día dejé de contar, porque es una contabilidad demasiado terrible. Vincent, te acuestas con un asesino. Digo: me acuesto con un hombre que ha logrado seguir vivo, con un superviviente. Me acuesto contigo, Arthur, y es algo que me fascina.

Dices: perdona que hable de la muerte todo el tiempo, cuando deberíamos habla solo de amor. Estás perdonado. ¿De qué ibas a hablar sino de la muerte, que te acecha un día tras otro? Además, sin ella, sin esa amenaza sobre tu vida, ¿nos habríamos encontrado? Por supuesto, maldigo esta guerra, pero a la vez la bendigo porque es ella la que te ha traído hasta mí, la que te ha arrojado entre mis brazos. Dices: no digas eso. Eso no puedo oírlo. No volveré a decirlo ya que me lo pides.

Luego regresa el silencio a la habitación de mi infancia. Miro los postigos cerrados contra la ventana abierta. Miro el ribete rojo de la tapicería, las fotografías colgadas en la pared, la reproducción de un cuadro del Greco, los muebles del siglo pasado, que provienen de la antigua vivienda de los antepasados difuntos, el imponente espejo sobre la chimenea de mármol, un sillón con la tela gastada, y la cama en la que yacemos, en el desorden de las sábanas familiares, las que llevan las iniciales del padre y de la madre, cual ridículo escudo de armas. Contemplo este pequeño mundo que no está a nuestra altura, este extraño lugar donde no esperaba perder la virginidad, este espacio incierto donde retozamos deliciosamente. Pienso que la vida es cuando menos curiosa. Me vuelvo hacia ti y te beso la cara, sobre tus ojos cerrados.

Vuelves a hablar: no te lo puedes imaginar. Son dos ejércitos agotados los que se enfrentan y los que vuelven una y otra vez al campo de batalla, para regresar más agotados y menos numerosos. Son hombres al límite los que se envían a la primera línea del frente, al encuentro de combatientes a los que el orgullo nacional ya no basta para motivar. Son las municiones que escasean, que nos dejan desvalidos, a merced del enemigo. Son las sucesivas líneas en las que nos enterramos, un poco más de barro, todavía un poco más. Son los cadáveres abatidos por las ametralladoras que quedan enganchados en las alambradas, como trofeos humanos, como la medida de una victoria o de una derrota. Cada día son cuerpos que palpamos para ver si siguen o no con vida, un vecino que desaparece. Cada día somos menos. Cada día, sin verlas, pienso en todas esas cruces blancas de los cementerios de Francia, en las campanadas a muerto, las músicas fúnebres que son tan lentas, tan desgarradoras, pienso en las salvas que se disparan en homenaje a los fallecidos, bajo los cipreses, en los discursos que pronuncian en el frío los concejales, y que se reutilizarán en el siguiente entierro, pienso en la familia que no está allí, porque siempre se muere lejos de la familia, o porque no se ha podido reconocer el cuerpo de la víctima y bien que hay que darle sepultura igualmente. Pienso en todo esto y llevo como una carga inconcebible la estupefacción de los supervivientes.

Pienso también en las fosas comunes, en el anonimato de los osarios, en los cuerpos no identificados que se mezclan en una última humillación, en la mano rota de uno sobre el rostro mutilado del otro y la tierra arrojada encima, que acaba cubriéndolo todo y en la que se pudre nuestra juventud perdida.

Dices: debería dejar de hablar de esto pero es absolutamente imposible.

Digo: adoro tu piel, tu olor, la vida que late. Te escucho, pero con lo que quiero quedarme es con tu piel, tu olor, la vida que late. Sé que estar entre tus brazos es lo más importante de todo. Sé que no hay nada tan fuerte como esto; que la guerra, los malos recuerdos no pueden anularlo. Yo en el centro de tus brazos. Sé que la primera noche contigo fue un nacimiento, una llegada al mundo, un deslumbramiento, un rayo de luz. El resto, todo el resto, el sufrimiento, el miedo, los tomo, los recibo. Arthur, estoy aquí. No tienes más que dejarte ir, abandonarte. Basta con una distensión, apenas nada, un matiz, para que todo sea distinto. Dices: tienes razón. Me está pasando algo tan maravilloso y milagroso como estar contigo. Es lo único que importa.

Cuando el silencio vuelve a reinar en la habitación, pienso: es la tercera noche que pasamos juntos. La tercera de las siete noches a las que te da derecho el permiso. Es una semana del verano de 1916. Tengo dieciséis años, el pelo negro, los ojos claros. Me llamo Vincent de L'Étoile. Es una semana de muchísimo sol. La semana de los grandes acontecimientos. La semana de mi encuentro con Marcel P. y con Arthur V., de mi confrontación con un espíritu y con un cuerpo, de una cita inesperada con la vida fácil y con la muerte posible. Creo en el azar, tanto que en esta simultaneidad solo quiero ver una coincidencia. Intento conciliar el sueño y al final lo consigo.

Al amanecer, contemplo tu rostro girado, que descansa sobre tu brazo derecho, los pliegues de tu nuca, el hueco de tus omoplatos en los que el sol de fuera derrama un charco de luz, tu espalda salpicada de lunares como hitos para guiarme más adelante, tus nalgas aterciopeladas contra las que la sábana ha detenido su deslizamiento, tu profundo adormecimiento. Es un instante de ti para la eternidad, pase lo que pase.

OCHO

D e modo que el hotel Ritz posee esta majestuosa indecencia, este lujo extraordinario que choca como una injusticia o un insulto, pero que se acoge como un regalo que no se creía merecer, como un placer. Paso de los apasionados abrazos de Arthur a las serviles atenciones de conserjes sumisos, de la enfermedad de la guerra a la descarada salud de los ricos, de la gravedad a la futilidad, de la conciencia universal a la frivolidad de algunos. Por primera vez me cuesta cruzar de una orilla a otra. Al principio usted no se da cuenta de mi incomodidad, o, para ser más precisos, no la sospecha: ¿por qué iba a sospechar incomodidad en un chico al que nada le afecta? Dice: ¡no me dirá que la plaza Vendôme no tiene su encanto! Prosigue: ¿qué le parece mi palacio? ¿Sabe que es el más lujoso, el más moderno de París, que tenemos electricidad en todas las plantas? ¡Ah, créame cuando le digo que la única que puede rivalizar con París es Venecia! ¿Sabe que aquí uno se cruza con príncipes y actrices y también, por supuesto, con escritores avejentados? Respondo: no, no sé nada de todo eso. De hecho, no sé nada de nada. Nada de esta vida. Mi comentario le hace ver que algo ha cambiado en mi comportamiento. Me pregunta: ¿le ronda alguna preocupación que quiera compartir conmigo, hijo mío? Digo: ¿por qué me llama «hijo suyo»? Creía que lo último que quería en este mundo es que yo lo llamara «papá». Frunciendo los ojos, dice: ¡caramba, Vincent, parece que estamos teniendo nuestra primera discusión! Lógicamente, diciendo eso le da la vuelta a la situación y me obliga a batir en retirada, a riesgo de parecer grosero. Digo: discúlpeme, Marcel. No he venido aquí con la intención de plantarle batalla. Al contrario, ya sabe cuánto aprecio su compañía y estoy encantado de nuestras citas ahora diarias, estas tardes que tiene la cortesía de concederme. Supongo que la suntuosidad de este establecimiento me ha chocado un poco, teniendo un cuenta que hace un rato hemos visto pasar sobre nuestras cabezas los zepelines del ejército alemán. Supongo que me resulta un tanto irreal encontrarme con usted aquí cuando los bombardeos podrían estar cerca. Dice: desde las ventanas del Ritz se tiene una idea exacta de la guerra, por mucho que pueda sorprenderle. Desde aquí contemplo una ciudad que se agacha, la ciudad más bella del mundo amenazada de destrucción. Contemplo a un pueblo que tiene miedo y, sin embargo, recuerdo cómo es el pueblo de París. Y fíjese usted que creo que se puede hacer retroceder la guerra ofreciendo conciertos y organizando cenas. Tengo esta creencia. Se puede combatir al enemigo con el arte. Se puede combatir al enemigo insistiendo en vivir. Lo que sería para ellos su victoria y para nosotros la completa derrota sería encerrarnos. No pienso esconderme en sótanos. No estoy hecho para eso, simplemente. Seguiré recibiendo a mis amigos, escuchando tocar al divino Fauré, escribiendo libros por la noche, durante el toque de queda. Escarneceré a los alemanes a mi manera. Es la única forma que tengo de librar esta guerra, la única a mi alcance. ¡Soy un artista asmático y mundano!

No le pido cuentas, Marcel. No es mi estilo. No tiene por qué justificarse de algo que, en cualquier caso, no le reprocho, por la simple y justa razón de que no hay nada que reprocharle. Mi intención no era en ningún momento hacerle entrar en el tema de la guerra. Además, ese es un camino por el que procuro no aventurarme, puesto que soy consciente de que no sé nada. Tengo la excusa de mis dieciséis años. Dice: es evidente que es una excusa falsa, pero es tan bonita que se la concedo de buen grado. Y continúa: no soy ni pacifista ni belicista. Creo simplemente que me gustaría no tener opinión sobre esta guerra, ni sobre ninguna otra. Hubiera preferido que esta guerra no cambiara nada de mi vida, que no afectara a su curso. Hubiera preferido mantenerme al margen. Y, claro está, eso no ha sido posible. Esta guerra afecta a las vidas de todos. Sepa que mi hermano Robert, que es médico, trabaja en hospitales improvisados, en el frente, y la admiración y el respeto que le tengo por su dedicación y su coraje son iguales al miedo que siento cada vez que llega una carta, el miedo al anuncio de su fallecimiento. Y, además, tengo que vivir con mis muertos, seguir viviendo cuando allí han matado a quienes amo. Tenía un buen amigo, un amigo muy querido, que cayó en los primeros días de combate. Escribo acerca de mis muertos. Eso es lo que hago, nada más. En estos años de sangre y furia, intento componer una obra en la que la figura de los fallecidos ocupe el primer lugar. Eso es lo que hago. Eso y cenar en el Ritz, durante las alertas. Tal vez le parecerá extraño. Simplemente, no encuentro consuelo.

No digo nada. Le he escuchado hablar, en el enorme y amenazador silencio de un salón del Ritz. He escuchado cómo sus palabras llenaban el impresionante espacio, rebotaban contra los imponentes espejos, las cortinas rojas, las arañas doradas. He visto cómo esas palabras se adueñaban de este espacio, se convertían en este espacio. De repente, solo existía usted, contando, con voz grave, su guerra. Y, para acabar, esa frase, formulada como un desgarro que resumiría toda su existencia: simplemente, no encuentro consuelo. No digo nada.

Al final, acabo diciendo: no pensaba desencadenar todo esto cuando, de una forma un tanto torpe, he expresado mi incomodidad por estar en este lugar, aquí y ahora. Pero esa incomodidad ha desaparecido por completo. Ha sido sustituida por la de haberle quizás ofendido, haberlo juzgado mal y haber reabierto heridas mal cerradas. Dice: Vincent, usted no puede haberme ofendido. Es mi ángel, ¿recuerda? Y, esta vez, es usted quien deposita un beso sobre mi mano. Sus movimientos precisos: me toma la mano derecha, le da la vuelta lentamente, la observa durante varios segundos y después se inclina hacia adelante, hacia el hueco de mi mano, y me la besa con delicadeza. Siento sus labios húmedos sobre mi piel, el pelo de su bigote, su aliento de asmático. A nuestro alrededor, el silencio parece aún más denso. El ballet de los camareros y de los *maîtres* parece haberse detenido momentáneamente. Solo veo su rostro en el hueco de mi mano: En mi cabeza siguen resonando sus últimas palabras: no encuentro consuelo.

Vuelve a tomar la palabra, y temo, cuando oigo que reanuda así un discurso que se basta por sí solo, que ya estaba, que diga cosas menos importantes, que la fuerza de lo que ha dicho antes se diluya, se pierda en la pretenciosa voluntad de aprovechar su ventaja. Lo temo y desearía no oírle hablar, seguir en el silencio catedralicio del gran salón del hotel Ritz. Pero no puedo impedirlo. Continúa: yo fui soldado, en el pasado, hace más de un cuarto de siglo, en Orleans. Cumplí mi servicio militar y, lo crea o no, me gustó, fue una de las épocas más felices de mi vida. Una de las pocas en las que me he sentido útil. Una de las pocas también en las que he podido apreciar la compañía de jóvenes que no eran de mi entorno y cuya rudeza disimulaba mal la poesía, cuya ociosidad no impedía en absoluto el sentido de la disciplina y cuya espontaneidad, simplemente, me fascinaba. ¿Cómo se lo diría? Existía entre nosotros una intimidad inmediata, fácil, de las que se consideran imposibles con desconocidos, y esa intimidad me procuró una suerte de apaciguamiento. Así, todo podía ser sencillo. Aquellos jóvenes eran buenos. Pues bien, creo que son los mismos que envían ahora al matadero, esos rostros bellos y honestos en los que se abren grandes sonrisas, esos cuerpos de hombros anchos, de andar torpe, de apetito tan desinhibido. Imagino que veinticinco años después se repite la misma historia de la humanidad. Son los hijos de mis compañeros los que mueren cerca de nosotros, sin haber querido nada. Me gustó el ejército, Vincent, pero detesto la guerra. Detesto este acontecimiento que aniquila a una generación de corazones sencillos y que destroza mis recuerdos. Los años hermosos, y fueron pocos, desaparecen también en el diluvio de fuego y estulticia. Vincent, ¿alguna vez se encuentra el reposo?

No. La respuesta, sin duda, es no. No, Marcel, no encontrará el reposo. En ocasiones podrá calmar algunas de sus angustias y de sus dolores. Volverá a sentir de vez en cuando el embelesamiento de los años perdidos. Pero no escapará de esta lenta agonía. Sufrirá la inevitable derrota que nos inflige el Tiempo. Todo está perdido. Desde el principio, todo está perdido. No, Arthur, no escaparás a la maldición de la guerra. Aunque salgas con vida, la guerra dejará una huella eterna en ti. Vives, conmigo, momentos en los que te liberas de tu desgracia, pero solo son momentos fugaces. No, nunca se encuentra el reposo.

Sí. La respuesta, ciertamente, es sí. Marcel, alcanzará una suerte de apaciguamiento. Vivir con sus muertos y remontar el tiempo le proporciona el valor para estar vivo, inventar un futuro, seguir ahí pese a todo. Sí, Arthur, puedes salir vivo. Si la suerte te acompaña, puedes salir vivo, sobrevivir a la carnicería. Y, entonces, todo será posible. La vida será bella. Las mañanas serán radiantes. Todo volverá a empezar. Todo siempre vuelve a empezar. Sí, al final se encuentra el reposo.

No lo sé. No lo sé. ¿Cómo voy a saberlo?

NUEVE

Así que, al cuarto día, se ha instalado una especie de ritual. Sí, ahora paso todas mis tardes con Marcel y todas mis noches con Arthur. Sí, con un movimiento de péndulo minuciosamente ajustado, paso del uno al otro. Sí, ahora toda mi vida se organiza, por fin con facilidad, solamente en torno a estos dos hombres. De este modo, mis costumbres han cambiado por completo y me estoy habituando a mis nuevos jalones. No olvido que el horizonte, al menos para una de esas costumbres, está en el final de la semana, pero no quiero pensar en eso. Quiero que sea el momento presente, y no la inminencia segura de perderlo, no la perspectiva segura de tener que acabar deslizando el presente hacia el pasado, el gozo del momento a la dentellada del recuerdo. Pero ¿quién lo entenderá?

Apenas regreso del Ritz, llamas a mi ventana, como el enamorado que se esconde (después de todo, es lo que eres). Te abro paso y ya estás en mis brazos. Te llevo a mi cama y se produce la comunión de los cuerpos. Hacer el amor también se convierte en un ritual.

Hay en tus gestos más vigor de lo habitual, como si te importara más la posesión, como si necesitaras sacar ventaja desde el principio, o como si te vengaras de algo, de algún mal que te hubieran hecho. Consiento esa violencia porque creo adivinar que es una válvula de escape. Cuando por fin descansas tu carne fatigada sobre mi carne maltratada, cuando tu pecho y tu vientre se imprimen sobre mi espalda, pegados por el sudor, cuando nuestras piernas se entrelazan como un mecanismo autónomo, incontrolable, sé que podría leer el terror en tu mirada. Eres un chico movido por el terror.

Dices: estos días son una tortura. Me hubiera gustado saborearlos bien, aprovecharlos al máximo, sé que se acabarán enseguida, que tendré que volver a irme y esa idea arruina el sabor de mis placeres. Esta semana solo es una cuenta atrás, sin parar el reloj. Siento pensar así y confesarlo, pero es casi la verdad. Los días que paso con mi madre son horribles. Son como días de luto anticipado en lugar de ser sencillos o incluso, por qué no, alegres. Su posible dulzura se ve arrollada de antemano por el espantoso plazo del domingo. Siento una pena enorme, una tristeza sobre todo, una oscuridad aterradora. Mi madre llora. Mucho. Presiento que no quiere llorar, pero no tiene manera de evitarlo. Llora. Y luego pide perdón por llorar. Los primeros días, le contestaba, me esforzaba en contestarle, en decir: llora si lo necesitas. Además, llorar no es malo. No me voy a enfadar por eso. Luego le dije: las lágrimas no sirven de nada, solo sirven para hacerte sufrir más. Tienes que intentar no ser infeliz. Ahora me callo. Es inútil hablar. Llora en mi silencio y acabo abrazándola. Los días pasan así, ella acurrucada contra mí. También creo que llora para evitar decir cosas terribles, cosas peligrosas, palabras casi impronunciables. Es una autocensura, una mutilación que se inflige a sí misma, para que no sea peor. Porque, claro, podría ser peor. Para ella, hablar sería peor. Al principio, intentaba cambiar de tema de conversación, pero todo iba a parar a lo mismo de forma invariable, aunque muy sutil, a la posibilidad de la muerte próxima. Recibimos señales de todas partes. Evocar la infancia es una forma de condenar el futuro. Da la impresión de que miramos las fotografías de un difunto. Evocar al padre es un acto imposible, prohibido. Ni siquiera ahora, en las horas de la intimidad más intensa, se puede evocar al padre. Por lo tanto, no insisto. Decido no pelearme con mi madre. Por si acaso no regreso, no quiero que el último recuerdo sea el de una pelea. Y ya está. Esas horas son agotadoras. Y luego estás tú. Tú, llegado por necesidad. Tú, que estás todas las noches. Tú, a quien puedo hablar, que escuchas. Tú, que tienes dieciséis años, esa belleza embriagadora. Las noches contigo me salvan.

Esta habitación es un barco. Un barco a bordo del cual navegamos, por aguas tranquilas o encrespadas, en busca de orillas cómodas o rocosas. Hay soles impresionantes y rachas de siroco. Hay extensiones de agua que se pierden en el horizonte y hay, de pronto, la costa. Hay un balanceo incesante que nos acuna y nos sacude, que siempre nos acompaña. Somos marineros perdidos a bordo de un barco ebrio.

El viaje continúa. Dices: no sé si te molestará que te defina como un adolescente, pero, en el fondo, eso es lo que aún eres y no tiene nada de malo. Por el contrario, es la edad de una gracia inalcanzable, de una belleza en equilibrio. Quiero decirte una cosa que tienes que creer: el amor de un hombre por una mujer no puede compararse al amor de ese mismo hombre por un adolescente. El amor por una mujer acarrea tantos hábitos, certezas, pasos obligados que enseguida se convierte en algo agradable, sí, pero que se domina, que no aporta ninguna auténtica sorpresa. El amor por un adolescente, en cambio, encierra toda la fascinación, todo el embelesamiento; tiene esa intensidad desesperada, está amenazado de extinción en todo momento y se eleva a lo más alto, precisamente por la gracia. En ese amor, hay cimas y abismos, temblores y orgasmos, luces cegadoras y sombras escalofriantes. Toda la vida concentrada en un abrazo.

Pregunto: ¿y entonces eso es lo único que ves en mí, la adolescencia? Respondes: me gustaría poder contestar que sí, todo sería mucho más sencillo. Pero no sería cierto. Veo más allá de tu adolescencia. Si me dejaran seguir con vida, tal vez te pediría que la compartieras conmigo.

Supongo que habría que decir algo, no dejar esta declaración en suspenso, responder o no a la loca esperanza que encierra, pero ¿cómo indicar una dirección? ¿Qué responder? Mejor callar que equivocarse, que destruir una esperanza con una frase torpe, mal dicha, o alimentarla sabiendo que será tal vez la guerra la que se encargará en tres días, o en tres meses, de destruirla. Callarse y reservar el comentario a la página blanca del diario, escrita ya en la soledad, en la calma. Aunque, por otra parte, ¿por qué escribirla siquiera? ¿Por qué esta forma de testimonio mudo? Pues porque es la mayor de las aventuras. Porque la vida empieza a los dieciséis años y yo tengo dieciséis años. Porque el amor de Arthur es la más bella de las ofrendas, el trastorno más decisivo. Porque la amistad de Marcel es un don del cielo, algo que podría no haberse producido, cuya probabilidad de producirse era ínfima. Porque esta historia es la excepción. Yo, Vincent de L'Étoile, lo digo: soy el amante de un soldado de veintiún años, puedo ser el amigo de uno de los más grandes novelistas vivos, ni me avergüenzo ni me jacto, solo siento una felicidad inmensa, insuperable. Esa felicidad es lo que quiero escribir. ¿Acaso se escribe para otra cosa que no sea para conservar los momentos?

Dices: no conozco a mucha gente que sepa escuchar como tú, tú sabes hacerlo, pero escuchar nunca ha impedido hablar. ¿Por qué te quedas callado tantas veces? A esta pregunta, a la que ya me he respondido yo, le opongo otro silencio. Cierras los ojos, bajas la cabeza, esbozas una sonrisa de abdicación. Te acaricio la nuca.

Ese gesto, el de pasear mi mano por tu nuca, por tu pelo corto, es un gesto de pura intimidad, el de los amantes eternos. Nos lleva adonde nadie puede añadirse. Al final, deslizo la mano bajo tu barbilla, te levanto la cara, quiero que tus ojos miren en los míos, que se produzca esa gran dulzura de las miradas clavadas una en la otra, que intercambiemos mensajes sin pronunciar palabra alguna. En tus ojos veo primero una especie de miseria, la pobreza. Luego desplazo la mirada a tu interior, para que borre esa miseria y devuelva la luz, el estallido. Y la mutación se efectúa, el estallido vuelve; vuelve desde lo más lejano y, con él, los labios dibujan una sonrisa. Sí, ya está.

Podemos volver a estar juntos. Tiendes la mano hacia mi cara, me la pasas por el pelo. Es una reconquista. Ahora basta con sumergirnos entre las sábanas.

Mientras pueda, no hablaré.

Tu sueño es muy agitado, demasiado. El cuerpo suda en esta noche de julio. Se mueve. Parece recorrer distancias infinitas, y el camino es accidentado. Veo ese cuerpo contraerse, ese cuerpo que empiezo a conocer tan bien. Es un espectáculo algo aterrador, por bien que transmite sensualidad. Cuando se produce una sacudida más fuerte que las demás, decido despertarte. Todo tu ser rezuma miedo. La mirada está asustada. En la superficie de la piel observo temblores nerviosos. Tu primer reflejo es hacerte un ovillo. Tardas casi un minuto en recuperar un estado normal. Entonces dices: y si al final sí que volvemos, si salimos con vida, pero heridos, con miembros arrancados o que nos habrán amputado, si hemos perdido la vista o el uso de un brazo, ¿quién acogerá lo que quede de nosotros? Tú, Vincent, ¿querrás mi cuerpo mutilado? Te miro fijamente y al final digo: no te pasará nada.

DIEZ

tra vez el hotel Ritz, por la tarde. Es su territorio.

Primero dice: he pasado una noche espantosa, imposible escribir una sola línea. He sufrido un ataque de asma muy fuerte. Este asma me va a matar, ¿me oye?

Entonces se lanza a una descripción minuciosa, médica, del ataque de asma. Me quedo con esta expresión: el aliento de los moribundos. Dice que nunca ha podido respirar con normalidad, que sufre estos ataques desde los diez años, que es la razón por la que se recluye la mayor parte del tiempo, que necesita someterse a interminables sesiones de vapores. Le escucho lamentarse como un viejo para el que no encuentro excusas. Y siento pensar así. Debería mostrarme compasivo, atento a lo que le causa trastorno, pero no lo consigo. Imagino cuánto le torturan esos ataques, el calvario que debe de ser la vida de un asmático. Posiblemente no estoy de humor para escuchar este tipo de lamentos. Me gustaría decirle: hablemos de otra cosa, ya comentaremos su mal otro día. Por supuesto, no digo nada.

Al final supongo que se da cuenta de mi falta de atención, puesto que dice: percibo que se ha producido un cambio, pero no sabría definirlo con precisión. Está en su actitud, en la calidad de sus silencios, en la dirección de su mirada. Parece que está aquí, conmigo, pero, al mismo tiempo, en otra parte, quizá con otro. Vincent, le ruego que me diga si me equivoco. Digo: se equivoca, se lo aseguro.

Ya está. Le he mentido.

Le he mentido por primera vez, no por omisión, sino de forma deliberada. Y esta forma, infantil y absurda, que tengo de «asegurarle» que no le miento subraya aún más esa mentira. Además, estoy casi seguro de que me he sonrojado en el momento de perpetrar mi mentira. Se equivoca, se lo aseguro. ¿Cómo se le va a escapar algo así al hombre cuyo juicio es tan afilado, cuyo sentido de la observación es legendario, cuya capacidad para examinar cada palabra y cada gesto tiene algo de quirúrgico? No, ciertamente, no estoy orgulloso de esta primera mentira. O, mejor dicho, no estoy orgulloso de esta mentira tan torpe.

Dice: no me gustaría averiguar que me oculta alguna cosa de posible importancia. De mis amigos —porque entiendo que eso es lo que somos— espero que den prueba en cualquier circunstancia de honestidad y sinceridad. Es lo mínimo que uno puede esperar de sus amigos. Si no, ¿qué sería de la amistad?

Me acaba de lanzar un desafío. Ha adivinado que he mentido, pero no tiene la certeza absoluta. Ese chantaje que me hace a la amistad acierta donde más duele, es su forma de intentar arrancarme una confesión. Espera que esa culpa que deposita sobre mis hombros pesará lo bastante, me aplastará lo bastante para que me retracte de mi primera declaración, confiese mi mentira, le pida perdón. Digo: entonces, tenemos el mismo concepto de la amistad. A mí tampoco me gustaría averiguar que usted podría mentirme.

Es la respuesta que me ha salido, sin buscarla. Es la respuesta que le lanzo, sin premeditación. Primero, no me retracto de mi mentira. No la confieso. Es evidente que no debía decirla, pero, ya que el daño está hecho, me mantengo en ella. Creo que la confesión sería peor que esa primera mentira. Después, retiro una parte nada despreciable de probabilidad a mi mentira, indicando que también para mí la sinceridad es uno de los fundamentos de la amistad. Quien se atreve a decir eso no podría haber mentido un momento antes. En caso contrario, le felicitarían por su osadía. Por último, contraataco. A mí tampoco me gustaría averiguar que usted podría mentirme. Ahora, la duda recae sobre usted. La sospecha pasa de mí a usted. Esa frase anodina, pronunciada en el tono más indiferente, ¿no da acaso a entender que usted habría podido, en algún momento, no decirme toda la verdad, la pura verdad? No tengo ni idea de si ha podido mentirme en algún momento. En el fondo, creo que no, que aún no me ha mentido nunca. Puede que simplemente haya dado la vuelta a las cosas a su favor, como se hace de la manera más natural en cualquier intento de seducción. Y, además, la mentira no tiene para mí el mismo grado de gravedad que parece atribuirle usted. Tengo dieciséis años. Creo que no hay nada verdaderamente grave, salvo la muerte.

Y, como es lógico, el recurso no falla. Dice: ¿de verdad cree, Vincent, que podría haberle mentido? Si lo pensara, sentiría un gran dolor. Ahí está. El que intenta disculparse ahora es usted, justificarse por una falta que en ningún momento parece haber cometido. Lo observo durante ese intento. Adopto mi mirada más dulce, más comprensiva, mientras por dentro canto victoria. Entonces, doy la estocada. Digo: no creo que me haya mentido, no lo pienso en absoluto. Soy plenamente consciente del valor de nuestra amistad. Además, que sienta usted dolor sería lo último que permitiría. Marcel, este vínculo que nos une es para mí lo más valioso.

Le hago flotar en el aire del salón del hotel Ritz.

Cuando por fin desciende a tierra, es para volver a disculparse y decirme: Vincent, debe usted saber que yo tengo un concepto de la amistad un poco, por no decir completamente, tiránico y posesivo. Hay, en mi amistad, exigencia, un gran nivel de exigencia, que ofrezco de vuelta, por supuesto. También asocio a un sentimiento muy vivo de la amistad, y le pido que me disculpe de antemano por ello, porque sé que está mal, un instinto contra el que no puedo luchar porque a los instintos no se los vence nunca, un instinto muy fuerte de la propiedad. Desearía que no fuera así, pero a menudo me comporto como si mis amigos me pertenecieran y mis amigos, a su vez, pudieran disponer de mí en todo momento.

Ahora ya sé precisamente por qué le he mentido. Y recuerdo con precisión las palabras que ha utilizado: parece que está aquí, conmigo, pero, al mismo tiempo, en otra parte, quizá con otro. Lo que resulta insoportable es ese «quizá con otro». En primer lugar, porque ese «quizá con otro» es falso. No, Marcel, no estoy con otro cuando estoy con usted. En segundo lugar, no le debo nada, es decir: no me siento en la obligación de rendir cuentas. Concedo mucha importancia a nuestra amistad, pero se circunscribe a un territorio. Tengo mis territorios. Por último, sí, ese «quizá con otro» existe, y hablarle de él habría provocado una escena de celos memorable que seguramente me habría costado soportar, porque no soporto los celos y porque las personas no son comparables, no lo son. Todo eso, Marcel, es lo que me habría gustado decirle y no le digo.

Después, y dado que estamos en el terreno de la amistad, arriesgo: ¿mantiene usted el mismo tipo de amistad con las mujeres que con los hombres? La réplica no se hace esperar mucho: ¿por qué formular preguntas cuyas respuestas ya conoce? Le interrumpo mientras se dispone a continuar: porque quiero oírle decir esa diferencia.

Dice: la amistad que siento hacia una mujer es la misma que el adolescente que fui sentía hacia las madres de sus amigos; ha permanecido intacta todos estos años. Me gusta el ingenio de las mujeres, Vincent. Me gusta su ingenio por encima de todo. Y después, por supuesto, aprecio su elegancia. Una mujer tiene que ser encantadora o no ser. ¿Qué? ¿Quiere oírme decir que prefiero a las mujeres mayores que yo? Pues bien, ¡es cierto, es así! Y, siguiendo el curso de su agudo pensamiento, le confesaré además que su aire maternal me suele convenir. Me gusta la madre que hay en cada mujer, esto es, me gusta sentirme hijo. De esta forma uno se puede enamorar sin experimentar deseo. De esta forma uno puede escribir sus mejores páginas. Las mujeres me inspiran el respeto y el gusto de seducirlas, de estar a su lado, de ser su confidente. No soy un amante, nunca lo he sido. Soy un enamorado, eso es lo que soy.

Esa frase: no soy un amante, nunca lo he sido. Pienso: ese duelo de las mujeres, ¿cómo lo lleva? No hago la pregunta.

Digo: ¿y de los hombres no me habla? Exclama: ¡ah, los hombres! Hay dos categorías de hombre: los que se admira, que son los padres, los ilustres, los sabios, los importantes; y los que se corteja, que son los jóvenes, los ingeniosos, los ociosos, los frívolos. Hay jóvenes deliciosos, ¿lo sabía? Con ojos claros y bellos. Son preferibles a las mujeres tontas y corruptas. Y, además, uno puede permanecer puro amando a los jóvenes, ¿no? No respondo a lo que parece más una afirmación que una pregunta, sin saber muy bien si quiere decir que hay que amar a los jóvenes para permanecer puro o si se puede permanecer puro a pesar de amar a los jóvenes. Antes de poder acabar de preguntármelo, pronuncia esta frase, incomparable: los jóvenes, en cualquier caso, son un bonito consuelo.

Y entonces vuelvo a pensar en sus palabras: no encuentro consuelo. Ahora ya sabemos el consuelo que encuentra: los jóvenes.

Le pregunto: ¿es eso lo que represento para usted, un consuelo? Protesta: bueno, mi querido Vincent, mi hermoso amigo, ni siquiera aunque fuera así, tampoco sería para indignarse puesto que, al menos para mí, ¡es un cumplido muy grande! Sí, Vincent, usted me consuela de mi vida. Pero, además, es un poco otra cosa, algo que tiene que ver con el deseo, la quemazón inmemorial del deseo.

De nuevo, el silencio. Espeso, denso.

Vuelve a tomar la palabra: me encanta su inteligencia y esa mirada nueva, sin juicio, puede que sin moral incluso, que pasea sobre nuestro mundo, su relativa indiferencia, su juventud. La mía, mi juventud, queda muy lejos. Recuerdo haber tenido dieciséis años. ¡Cuánto me costaba entonces que me quisieran! Me dolerá eternamente no haber tenido belleza y además, un poco, inclinarme hacia personas que no podían sino rechazarme.

«Rechazarme», y no «no corresponderme». Me quedo con la intensidad de la expresión. Y, entonces, me parece ver al pequeño Marcel, el Marcel de dieciséis años, no muy guapo, de párpados demasiado pesados, de aspecto demasiado persa, aquel Marcel que suplica algo de amor, demasiado amor, a los que no pueden darle esa clase de amor y que acaban por rechazarlo, sí, es eso, decirle: no, nosotros no queremos esa clase de amor, y el pequeño Marcel oye: no te queremos a ti. Tiene mi edad, tiene dieciséis años, está terriblemente solo, sigue estándolo treinta años después.

ONCE

A los pies de la gran escalera de mármol, mi padre contempla su imagen en el cuadro que el pintor D. ha hecho de él. Me impresiona el efecto espejo de esa desmesura y la vanidad de este hombre que ha necesitado que hicieran su retrato con el único fin de halagar su ego. Claro está, mi padre aduce que se trata de un legado que tenía la obligación moral de dejar a las próximas generaciones, que hace siglos que todos los miembros de nuestra familia tienen su retrato en alguna parte. Lo veo capaz de creer sus propias pamplinas y sé la importancia que le concede al linaje, como si fuéramos purasangres encargados de reproducir la especie. Por otra parte, mis hermanas se han puesto a la labor con una pasión admirable: ¡siete herederos entre ellas dos solas en el espacio de menos de cinco años! Mucho me temo, querido papá, que yo me veré en la imposibilidad de prolongar esa proeza. La supervivencia de nuestra especie me importa muy poco y, ¿me atrevo a confesarlo?, a veces hasta me dan ganas de soñar con el colapso de los imperios.

Solo interrumpe su contemplación para dirigirme sus sempiternos reproches. Por supuesto está «tremendamente orgulloso» del afecto que parece tenerme nuestro «eminente hombre de letras, futuro miembro de la Academia, estoy seguro», pero, «con todo y con eso», ¿no es un poco escandaloso, «en pleno apogeo de las hostilidades» (¿ha habido otro momento que no lo fuera?), mostrarse todos los días en el Ritz? Nuestro «patriotismo reconocido por todos» (¿pero qué hemos hecho nosotros para demostrarlo?) podría verse puesto en entredicho por espíritus mezquinos que verían en mi espectacular exhibición en el principal palacio parisino con un hombre amigo de la mundanidad una forma de desprecio hacia «la valiente lucha de nuestros soldados». Esa verborrea, a la que sin embargo debería estar ya acostumbrado, no deja nunca de desconcertarme. Me disponía a no responder nada y a irme hacia mi habitación para esperar a Arthur cuando, precisamente, el repertorio de reproches se vuelve hacia mi «valiente soldado». Ahí, lo sé de antemano y de memoria, va a reaparecer con estrépito el espíritu de clase. «Hijo mío, ya te lo he dicho, no apruebo las relaciones de esa índole y sin embargo me han vuelto a contar (¿pero quiénes son esos que no tienen nada mejor que hacer que ir a contar a los padres inquisidores los malos hábitos de su descendencia?) que te han visto en compañía de ese joven, el hijo de Blanche» (me estremezco un poco, porque yo solo aprovecho la compañía de Arthur entre mis sábanas). «Me han dicho que os habláis por la ventana» (no agradeceremos nunca lo suficiente a los espías por su incompetencia). No intento negarlo. ¿Para qué? Los reproches continúan: «Y tú, claro, tú no contestas. Hijo mío, ¿qué vamos a hacer contigo?». Y mi padre, sobre esta réplica que es lo máximo que sabe hacer en cuestión de severidad, gira sobre sus talones para dejar clara su desaprobación. Consternado por este ejercicio patético e inútil de autoridad paterna, subo de cuatro en cuatro los escalones de mármol. Una vez arriba de todo, me vuelvo un momento. Yo también contemplo el retrato que han pintado de mi padre y deseo que no exista nunca una representación similar de mí. ¿No habría que esforzarse por no dejar nada?

Cuando llegas a la habitación, te cuento esta anécdota, ahorrándome, claro está, la parte relativa a Marcel, con la intención de atraer tu sonrisa y tu apoyo, pero me contestas con hartazgo y algo de desesperación: al menos tú tienes un padre con el que no hablarte.

Entonces, sin que te haya pedido nada, hablas del padre desconocido y por tanto necesariamente ausente y la herida de esa ausencia. Una carencia que nada podrá compensar jamás. La certeza de lo incompleto, una especie de invalidez, un hándicap monstruoso, casi inconfesable por culpa de la desgracia que acarrea con él. Hablas de la imaginación que hace falta para construir una imagen del padre, y la desesperación destructiva que hallas al término de esos intentos inevitablemente vanos, de esos esfuerzos completamente abocados al fracaso.

Hablas de tu certificado de nacimiento en el que solo figura el nombre de la madre, de la infamia que fue para esta madre ser calificada de «madre soltera». Hablas de la reputación con la que hay que cargar como se carga con un fardo o una culpa, las burlas, los insultos que susurran a sus espaldas, la desaprobación de los que se creen cubiertos de bondad porque están inmersos en la religión.

Hablas de esta filiación coja.

Dices: a veces preferiría un padre muerto a la ausencia total de padre. Añades: no. A veces no. Casi siempre.

Hablas de los años de infancia, cuando se burlaban de ti en la escuela, cuando tenías que inventar la historia de un padre aventurero, viajero, desaparecido o fallecido durante ves a saber qué azarosa batalla, cuando descubrían las mentiras y las señalaban y se burlaban. Dices: la maldad infantil es la que hace más daño, la que apunta más certera, la que más se tarda en olvidar. Recuerdo las risas, los sarcasmos.

Hablas de la madre que no le dice nada al hijo que se lo suplica, la madre que se atrinchera en el silencio, que prefiere el odio de su hijo al dolor de la confesión. Dices: recuerdo los gritos y las lágrimas.

Dices: hacerme maestro es para mí crear un vínculo social, vincularme al mundo, dejar por fin de ser el huérfano. Al menos, en la escuela de magisterio, la República no me ha pedido cuentas.

Prosigues: no me equivoco, ya sé que mis alumnos no serán mis hijos, pero también sé que serán una familia. Creo que se puede decidir crear tu propia familia fuera de los lazos de sangre, que esa familia es la de los años que pasan, los rostros que desfilan, las sonrisas que dejan su huella en nuestra memoria. Por lo demás, supe muy pronto que no tendría hijos propios, que era algo que no me sería dado porque no sería sencillamente posible. No me asustó ni entristeció esta noticia recibida en la adolescencia, al revelárseme que prefería el cuerpo de los hombres al de las mujeres, que nunca honraría el cuerpo de una mujer y que, en consecuencia, nunca tendría descendencia. Acepté que mi sexualidad me consolaría de mi esterilidad.

Pienso: el semen antes que la sangre.

Dices: soy el hombre sin ascendencia, sin hermanos y sin descendencia. Soy esta cosa colocada en medio del mundo sin vinculación con el mundo. Soy ese que no se sabe de dónde viene, que no tiene con quién compartir su historia y que no dejará rastro. Así, cuando haya muerto, desaparecerá algo más que el nombre que llevo, se borrará mi propia existencia, arrojada al olvido. Nadie para acordarse de mí. Dices: Vincent, ¿quieres ser tú quien se acuerde de mí?

Digo: estás vivo, ahora. No puedo hablar de ti en pasado, no sé pensar en ti en pasado, no sé responder a tu pregunta.

Insistes: sea cual sea la hora de mi muerte, tanto si es mañana como dentro de muchos años, podrías ser tú quien guarde mi recuerdo, ¿verdad? Pienso: ocurra lo que ocurra, quedarán para siempre estos momentos de inmensa intimidad, la fuerza de tu abrazo, tu aliento sobre mi nuca, tus silencios y tus palabras. Quedarán las miradas. Digo: sí por lo que fuera dejáramos de vernos algún día, recordaré tu rostro con absoluta precisión.

Dices: por fin hablas un poco, rompes tu habitual silencio. Y, como siempre que decides hablar, lo que dices es hermoso. ¿Me explicas por qué no hablas más? A mí me iría bien que me dijeras cosas, cosas que me tranquilicen, que me emocionen, que pueda llevarme conmigo, que me calienten en los inviernos que me esperan en pleno verano. Pero no hablas, o muy poco. ¿Por qué nunca hay, ni siquiera sin querer, ni siquiera por casualidad, ni aun tratándose de una mentira o de alguna componenda con la verdad, ¿por qué no hay ninguna confesión? ¿Por qué no dejas que se te escape ninguna confidencia? Te miro y, sí, como siempre que esperas alguna palabra, no pronuncio ninguna, permanezco en el más absoluto silencio, un silencio denso. Sumerges tu mirada en mí, como para arrancarme esa confesión que esperas, pero tropiezas con mi mirada que se niega al peligro. Al cabo de pocos segundos, y aunque es un tiempo muy corto parece largo, cierras los párpados, bajas la cabeza hacia las sábanas, en un gesto de resignación. Es una escena que ya hemos vivido, que se ha vuelto casi familiar.

No me arrepiento de mi silencio, no me hace sentir culpable. Sé el sufrimiento que ese silencio te causa y que sin duda debería ahorrarte en estos momentos en los que podrías reclamar casi legítimamente un derecho a la consideración, pero también sé, con un saber no meditado pero seguro de sí mismo, que es mejor no hablar. Además, ¿qué iba a decir? Observo tu perfil, girado. Entonces, como siempre, acabo poniendo la mano sobre tu nuca. Hago ese gesto, poner mi mano sobre tu nuca, que es el gesto que solo pueden hacer los amantes, que es la señal de la intimidad más intensa. Nos quedamos así, tú con la cabeza agachada, yo con la mano sobre tu nuca. Siento la suavidad de tu pelo tan corto, el calor de la palma de mi mano sobre tu piel. Es como una certidumbre que recupero, en ese tocarse particular de las pieles. Un poco después, retozamos en el desorden de las sábanas. El silencio solo lo rompen los gemidos y los suspiros, los jadeos del esfuerzo y los gritos de liberación.

Cuando por fin descansan los cuerpos bañados en sudor, como cadáveres ardientes, vuelvo a formularme para mí esta promesa: mientras pueda, no hablaré.

Hago ese juramento de mutismo para que todo mantenga una pureza absoluta, una blancura intacta. Las palabras las reservo para ese cuaderno que escribo a escondidas, como una chica enamorada. Las palabras las reservo para conservar un rastro de lo que sucede, un testimonio de lo que es. A mi manera, respondo al ruego que ha formulado Arthur: salvo nuestras vidas del olvido.

¿Acaso se cuenta algo que no sea la propia historia?

DOCE

Estamos en sus aposentos, de nuevo en su territorio. Aquí lo encuentro, en el lugar en el que pasa sus noches y sus días, la mayoría de ellas, con fiebre. Dice: entre, Vincent, no tenga miedo. ¿Sabe usted que es aquí, entre estas paredes tapizadas de corcho, en este espacio exiguo y oscuro, de ventanas casi siempre cerradas, donde tiene lugar lo esencial? ¿Sabe usted que es aquí donde compongo mis obras?

Nunca me ha preguntado por mis libros, puede que nunca haya sentido la necesidad de hacerlo, sería bastante propio de usted. Lo miro, con su bella indiferencia, su distanciamiento del mundo y de las personas y pienso que, en efecto, usted es de otra pasta respecto a aquellos con los que me toca tratar o siquiera encontrarme de vez en cuando. Esos, por lo general, solo ven en mí al gran escritor y no pueden evitar preguntarme enseguida sobre los misterios de la escritura y los tormentos de la creación, hasta que la conversación acaba irremediablemente en torno a los efectos de la fama. Primero, intentan comprender, con mayor o menor sinceridad. Declaran su fascinación por la extraña ocupación de quien escribe. Tal cual: te arrojan su fascinación a la cara y a ver qué haces con ella. Creen que te están haciendo un regalo o un homenaje cuando en realidad solo manifiestan una ignorancia de la que, por otra parte, nadie los librará nunca. Luego pasan a la fama, que es, en el fondo, lo único que les interesa de verdad, lo que les ha hecho acercase a ti, pero eso no lo reconocerán nunca. Esperan que, rozándose un poco con el oro, les quedará algo de dorado en la piel, una piel que no retiene nada. Es una absurda comedia en la que la vanidad se mezcla con algo parecido al deseo infantil. Nunca acabo de saber si debo sentirme conmovido o consternado. Y usted, Vincent, claro está, no es como ellos. No me habla de mis libros ni de mi fama. Se diría que prácticamente las ignora. Y ni siquiera es un artificio, una pose que haya decidido adoptar. Simplemente usted es así, ¿verdad?, indiferente. Y, de pronto, es con usted más que con cualquier otro con quien me apetece hablar de la escritura. Son las preguntas que no me hace las que quiero responder. Es en homenaje a su pureza absoluta, su honestidad casi virginal por lo que deseo dar testimonio. Y, por lo menos, si no dice nada, sé que me escuchará. O, mejor aún, sé que me comprenderá.

Escribir exige un compromiso exclusivo. No se puede hacer nada más: solo escribir. Nada puede distraerte. Hay que consagrarse por completo al libro, sacrificar todo lo demás en su beneficio. Es un sacerdocio, un ejercicio religioso. ¿Sabe que, incluso cuando no escribo, también estoy escribiendo? Los momentos de contemplación, de observación, de vida mundana, de inactividad son momentos útiles para la escritura. Durante esa aparente ociosidad, que tanto me reprochan algunos, en realidad estoy trabajando en el libro. La vida entera está dedicada a la escritura. Solo vivo para la escritura. De otro modo es imposible. Y esa necesidad se vuelve aún más acuciante cuando se siente, como yo, el final de la vida acercándose a pasos agigantados. Tengo que terminar los libros a los que me consagro. Entienda que nada hay más importante que terminar esos libros. Espero que se me concederá el tiempo suficiente. Escribo con urgencia, con nerviosismo, con pánico. Pensará que estoy preso de un frenesí casi enfermizo, y tendrá razón.

Escribir es el sentido que le doy a mi vida. Mi vida desaparece detrás de la escritura. O también podría decirle: si no escribiera, creo que estaría muerto.

Sus palabras resuenan en el aire viciado de esta habitación de asmático, en esta atmósfera encerrada, sofocante, aplastada por la estrechez: si no escribiera, creo que estaría muerto. Y entonces le creo. En este espacio improbable, en ese furor de la escritura, lo que busca es sobrevivir, salvar el pellejo. Me parece a la vez miserable y brillante, patético y magnífico. Siento por usted una tierna compasión y una intensa admiración.

Continúa: escribir es un trabajo. Sin duda el talento interviene un poco en el asunto, pero, ante todo, hay que trabajar, trabajar sin descanso, imponerse una disciplina del esfuerzo, unas normas. Por eso, como ya sabrá, cuando llega la noche, me instalo en mi despacho y escribo mis páginas. Escribo hasta el agotamiento, hasta la victoria sobre el insomnio o hasta que me falla la mano. No puede imaginarse lo que llega a doler cuando la mano se contrae y no quiere escribir más, cuando el brazo está tan rígido y tenso que hay que dejar la pluma. Quieres seguir, escribir más, pero no puedes. Sientes imposibilidad física de hacerlo, de producir el menor gesto. Supone una enorme frustración. En esos ratos, calculo con precisión el precio del tiempo perdido. Cuando resulta totalmente inaceptable, despierto a Céleste y le hago escribir a mi dictado. Debería ver esas horas de apasionamiento, es indescriptible. Es una escena como las que solo se escriben para el teatro.

Por supuesto, sé que no hay que forzar la escritura, no hay que obligarse a escribir cuando no estás en la mejor disposición para hacerlo. Hay que esperar a que venga, a que esté ahí. Por la misma razón no se debe prolongar el momento de la escritura. Cuando percibes que se ha acabado, es que se ha acabado. No hay que obstinarse. Y, sin embargo, yo me obstino. Yo fuerzo la escritura. La hago venir. La empujo a manifestarse. Y voy aplazando una y otra vez el momento en el que debería descansar la pluma. Ya se lo he dicho, solo el agotamiento puede detener mi impulso.

A veces, cuando terminas de escribir una página, crees que ya no volverás a escribir ninguna más, que el libro se va a hundir, que no llegará a existir, que te habrán descubierto, que esta gigantesca comedia va a ser revelada como tal. Entonces te sientes absolutamente desgraciado, sientes una desazón abominable. Y luego, vuelve. Sin que sepas necesariamente por qué, acaba por volver. Y puedes reemprender la escritura, reemprender la felicidad casi indescriptible de la escritura.

No tiene ni idea de los obstáculos que hay que superar, los desafíos que hay que afrontar, las resistencias que hay que vencer, y sobre todo con uno mismo, la locura que supone todo ello. Es una proeza, la verdad. Es un acto de coraje y abnegación, nada más. Es una ocupación increíblemente ingrata a veces, que no se la desearías ni a tu peor enemigo. En la escritura hay sufrimiento. Se arrastra sufrimiento. Los que piensan que soy un ocioso, un inútil, un diletante, deberían conocer la cantidad ingente de energía que gasto, el esfuerzo que consagro a la batalla, la fuerza de voluntad que despliego. No darían crédito a sus ojos.

Construyo una iglesia. Eso es lo que hago. Erigir un monumento. Sus cimientos son mi juventud. Una vida de cosas vividas y sentidas, de acontecimientos colectivos y de aventuras individuales permite erigir sus muros. Y, en esa iglesia, se cuenta la historia de hombres y mujeres, se comulga con el mismo fervor, se alcanza cierta forma de universalidad.

También podría decirle: construyo una casa. Esta obra es una casa, cuyas habitaciones se comunican entre ellas siguiendo un sabio trazado. Mire esas habitaciones donde se nace, donde se crece al abrigo de la mirada de los padres, donde se inventan nuevos códigos amorosos, donde se muere a veces después de lentas y dolorosas agonías. Mire esas alcobas donde se intercambian secretos, donde se tejen intrigas, donde se rompen silencios. Mire esos salones donde se despliega el mundo, donde los hombres seducen, las mujeres mienten o los viejos escritores conocen a jóvenes poco tímidos. Compongo un fresco en el que algunos, posiblemente, creerán reconocerse.

La composición de un libro sigue el mismo camino que la creación de una amistad. Primero, estás al acecho. Buscas a ese o esa que podría acompañarte. Tu mirada se pasea sobre un grupo de personas y de pronto se inmoviliza sobre tu presa, identifica un gesto o un porte de la cabeza con el que intuyes que podrías familiarizarte. A continuación, te acercas, ya estás seduciendo, deseando ganarte la adhesión del otro a este proyecto. No tardas en saber si va a funcionar, si hay alguna historia posible. De ser así, aparece el nerviosismo, la preocupación de una derrota, la esperanza de una conquista, el éxtasis de las sonrisas compartidas. El camino es sinuoso y accidentado, pero lleva al mar. En el intento de aproximación que hago con usted, Vincent, experimento las mismas dificultades y alegrías que en la escritura del libro.

El libro también es un hijo. Primero hay que estar enamorado, o haberlo estado, hay que sentir alguna herida amorosa o la dentellada de una privación, el vacío de una ausencia para empezar a escribir. El amor y la escritura están íntimamente ligados. El uno produce al otro. Así, puede surgir una fecundación, el viaje inexplicable de un germen de vida, la mecánica de un fluido. Luego llega ese tiempo de llevar dentro el libro, dejarlo crecer ahí, dejar que tome forma, que se parezca a algo que, algún día, pueda sostenerse solo. Se necesita tiempo y paciencia. A mí me ha llevado cuarenta años. Y después, un día, sientes que ha llegado el momento de expulsar a ese niño. Por fin estás listo para escribir la primera frase, para plasmarla en el papel, esa primera frase a la que has dado mil vueltas en la cabeza una y otra vez. En esa expulsión hay dolor, y me refiero a un dolor físico, y liberación. Hay gritos y llantos en los que se mezclan la alegría y el cansancio. A partir de entonces, el niño crecerá. Le ayudaremos a crecer, le indicaremos el camino. Tropezará, claro, y no una sola vez, pero avanzará. Y, un día, el libro habrá crecido lo suficiente como para existir fuera de su autor. Un día, tendrás el libro delante, físico y concreto, y en unas manos que no son las tuyas. Entonces, Vincent, es cuando comprendes que ya no te pertenece del todo, o puede que ya nada, que pertenece a otros, a todos los demás, a los que se permiten decirle lo que piensan de él, como si fuera aceptable juzgar ante los padres la educación de su hijo. Entonces, se acabó. Hay que admitir la separación. Y aún más, hay que aceptar que el libro nos sobreviva, que siga vivo cuando nosotros hayamos muerto, que hable a personas que no nos habrán conocido, de lo que fuimos. Esta paternidad es un vía crucis, al final del cual puede brillar una luz.

Es largo de escribir. Ya me disculpará por decirlo así, de forma tan prosaica, pero diciéndolo así es como me acerco más a la verdad: es largo de escribir. La historia de mi vida la jalonan miles de páginas. Es un manuscrito enorme. Es una obra a largo plazo. A veces incluso me pierdo, no sé dónde estoy entre todos esos destinos que se cruzan, esas aventuras que se entremezclan, ese mundo que compone su historia. Céleste me regaña, intentando poner orden en ese caos. Y no crea que estoy escribiendo la versión definitiva. Simplemente me es imposible acortar, me veo incapaz de suprimir ni una sola frase sin arriesgarme a desequilibrar el conjunto. La obra se divide, se entreteje, apuesta por reunir toda la materia de una vida hecha de acontecimientos particulares y colectivos. Es un urdido de sentimientos y emociones.

Habrá quien dirá que he escrito una obra ilegible, inaccesible, incomprensible, poco interesante o a saber qué más. No negaré que se trata de una obra incómoda y admiro en gran manera la insistencia con la que mi querido Gaston Gallimard me urge a abandonar la editorial Grasset en su beneficio, a fin de publicarme tan pronto como termine la guerra, si es que alguna vez termina. Estoy, pues, en estos momentos ultimando este cambio de editorial, en condiciones de elegancia y serenidad. En el fondo, me parece preferible que me publique alguien que desea mis libros que no alguien que, desde su lejano exilio, parece preocuparse muy poco por mí, ¿no cree?

No respondo la pregunta, que solo admite una respuesta. Lo miro y me doy cuenta de pronto y por vez primera que, en efecto, usted es a la vez un personaje, una personalidad y una persona. Sigo queriendo distinguir entre el gran escritor, el mundano extravagante y el amigo querido, pero ahora veo que esa distinción es probablemente artificial, que usted es todos esos seres al mismo tiempo, sin que haya por qué separarlos.

Entonces, al final surge una pregunta, la única que pretendo hacerle, la única para la que no he encontrado respuesta en todo lo que acaba de decir: ¿para quién escribe? Dice: solo se escribe para unas pocas personas. Yo escribo para mis difuntos.

Después, acaba diciendo: le he mentido, Vincent. También escribo para algunos vivos. Escribo para usted, por supuesto.

Cuando nos separamos, saboreo la ternura de nuestro abrazo.

TRECE

Es la última noche, la que no nos hemos atrevido a imaginar, la que lleva consigo el dolor original de la separación inevitable, la que nunca hemos mencionado, la que no se puede vivir con normalidad, la que sería preferible ocultar si se nos permitiera, de tan peligrosa que es, la que es casi inenarrable. Mañana te reincorporarás a tu batallón en Verdún. Mañana será la devastación de Verdún.

Y, antes de esta última noche, ha habido el último día, el pasado junto a la madre. Un día oprimido por la tristeza, el dolor, el desasosiego, marcado por el llanto, los silencios, las horas transcurriendo con una lentitud desesperante, como la cuenta atrás que precede a la ejecución de los condenados. Un día en el que la muerte estaba en todos los pensamientos sin que nadie pudiera ni siquiera deseara nombrarla. Un día de luto antes de la muerte. Un día gris y denso.

Dices: es una prueba que nunca pensé que tendría que pasar, que no se puede imaginar, que supongo que solo puede provocarla la guerra o la enfermedad. Es un dolor sin fondo, cuya intensidad solo puede calibrar quien lo haya sufrido. Es caminar sobre brasas, besar una navaja de afeitar, es un recorrido iniciático alfombrado de sangre y sufrimiento. Es una separación que no se puede admitir, que es más que una injusticia, más que un suicidio. Es la ruptura del último vínculo con la propia historia.

Tendrías que haber visto el rostro de mi madre como el de una virgen en los cuadros religiosos, la tez cetrina, como si los años se hubieran apoderado de ese rostro para hundirlo, devastarlo. Tendrías que haber visto la mirada perdida, dirigida hacia el cielo como si esperara una señal, la boca deformada de la que no sale ningún sonido porque hasta gritar, hasta hablar se vuelve imposible. Tendrías que haber visto las manos frenéticas, el cuerpo sin control, sacudido por espasmos, preso de una violencia inaudita. Tendrías que haberla visto oscilar entre la histeria y el abatimiento, entre la rebelión y la resignación, el potro que lo intenta una y otra vez y siempre acaba cayendo, esa lucha contra algo que no puede nombrar y que ocupa todos sus pensamientos. Y yo estoy ahí y no puedo hacer nada. Asisto como espectador a ese desmoronamiento. Sé que no se puede hacer nada. Nada.

La separación de la madre es ante todo un acto físico. Es necesario que los brazos dejen de abrazar el otro cuerpo, que las manos de uno se separen de las del otro, que las pieles dejen de tocarse, que las miradas dejen de clavarse la una en la otra. Hay que apartarse, y en ese apartarse está el comienzo de una desintegración, como si uno únicamente pudiera vivir gracias al otro, como si uno no pudiera vivir sin el otro.

Es una pérdida de sustancia. La vida que se va, algo que se escapa, una fuerza que no se puede retener.

En ese momento te brotan lágrimas al filo de tus pestañas. Las veo perladas en medio de esos trigos rubios. Espero a que te recorran las mejillas, invadan el terreno de tu rostro. Pero las retienes. Se impone el silencio, los ojos se desvían sin fijarse en ningún punto concreto. Es un instante que dura una eternidad. El instante en que tus lágrimas quedan suspendidas al filo de tus pestañas.

Cuando vuelves en ti, es para volver a nosotros.

Dices: no sé si será una noche atroz o sublime, pero no podremos olvidarla. ¿Cuántos momentos en toda una existencia, en la vida de un hombre, pueden calificarse de inolvidables? ¿Cuántos pueden serlo de antemano? Lo que tenemos por conocer es histórico. Lo que tenemos por recorrer es nuestra historia.

¿Deberíamos hacer el amor como si fuera la última vez, puesto que puede que lo sea, es decir, con una energía multiplicada por la desesperación y el deseo ardiente, de inmersión inconsciente en la felicidad de la comunión de los cuerpos? Contesto: siempre deberíamos hacer el amor como si fuera la primera vez, es decir, con la pasión y el fervor de quienes nunca han vivido ese momento, y con la insolente suerte de los principiantes.

Pero ¿cómo recuperar la inocencia del comienzo, el hermoso frenesí de las primeras horas y la virginidad perdida? ¿Cómo ignorar los gestos que ya conocemos del cuerpo del otro, que hemos aprendido poco a poco? Respondo: estando dispuestos a que el otro nos sorprenda, nos desconcierte, nos maraville, y siendo capaces luego de sorprender al otro, una vez más. Eso es algo que es posible, que es necesario. Acostumbrarse implicaría una herida mortal.

Preguntas: pero ¿cómo lo haces para disimular que ese abrazo podría no volver a repetirse nunca? Contesto: basta con estar en el único momento presente y eso es, en definitiva, lo más fácil. No se hace el amor pensando en la vez siguiente. Es un acto que solo existe por sí mismo, que no procede de nada, que no produce nada. Es un acontecimiento, una circunstancia.

Dices: cuando te escucho, todo parece fácil y, sin embargo, sé muy bien que no lo es, que no puede serlo. Digo: somos nosotros quienes decidimos, solo nosotros. Tú tienes la posibilidad de decidir que es fácil.

Dices: no entiendo cómo puedes mostrar tanta convicción, tanta determinación? ¿Y de dónde te viene a ti ese saber? Tú que antes que a mí no habías abrazado a nadie. Digo: la sensualidad es inteligencia. No he preguntado nada, pero creo que dispongo de esa inteligencia. No he aprendido nada y, sin embargo, sé todo. Soy consciente de mi aparente falta de modestia. Precisamente, no es más que aparente.

Dices: quiero decirte que contigo he olvidado un poco la guerra. Eso es real, ha ocurrido lo que pensaba que nunca podría suceder, el olvido momentáneo de la guerra, el poner entre paréntesis esa obsesión monstruosa.

Primero se me volvieron borrosas las imágenes, menos presentes en mi mente, y luego se desvanecieron hasta esconderse en los recovecos de mi memoria, donde, de repente, tenía tenía que hacer un esfuerzo para encontrarlas. Las pesadillas han sido menos violentas. Me ha pasado eso, he recuperado algo parecido a la serenidad, a veces, la calma. Esa calma es una sensación cuyo sabor había perdido.

Quiero agradecerte tu calidez y tu ternura. Una ternura inesperada. ¿Acaso se vive para algo que no sea acurrucarse en esa calidez, un hombro donde descansar la cabeza, un pecho que te acoge, un vientre donde depositar un beso? ¿Acaso se vive para algo que no sean esos momentos en los que caen las armaduras, en los que la sangre late en las sienes, en los que el pelo empapado se pega a la nuca, en los que la piel se estremece, en los que la fragilidad es máxima?

Es una noche también llena de nuestros silencios. Los silencios son un ritmo, una respiración. Añaden un significado adicional a lo que se dice. Ayudan a soportar la enorme violencia que a veces encierra lo que se dice. Permiten seguir hablando después. Son el momento del intercambio de miradas. Contienen nuestros dolores y nuestras remisiones, nuestro pesar y nuestra redención. Son silencios religiosos, esto es, silencios como los de las iglesias. Tenemos el fervor de los comulgantes, su solemnidad.

Claro está que estos momentos no deberían revestir tanta solemnidad. Todo debería ser sencillo. Pero la sencillez solo sería posible en la desencarnación. Y, precisamente, esta desencarnación es totalmente imposible. Esta última noche es precisamente la de la encarnación, puesto que es el símbolo, la esencia de la carne.

A veces, las manos se precipitan, las bocas se tropiezan para encontrarse, los cuerpos se asustan por algún gesto torpe. A veces, en lugar de flotar, zozobramos. Los abrazos parecen entonces abrazos de náufragos. Y luego todo vuelve a su sitio, dentro del orden, las pieles se unen, nos tranquilizamos. Pero pienso: también habrá que recordar nuestras torpezas, los movimientos fallidos, las brusquedades, los tropiezos, porque también son impulsos amorosos.

Cuando empieza a amanecer, dices: ¿qué harás cuando yo ya no esté? No lo sé, no lo he pensado, ya habrá tiempo de buscar una respuesta a esa pregunta. Vivo el momento, no quiero lamentarme luego por no haber sabido aprovechar el momento. Ignoro por completo nuestra separación, hago como si no fuera a ocurrir, y así hasta el último segundo. Estoy del lado de la vida, sin restricciones, hasta el final, no me preparo para las desapariciones, no me aflijo antes de tiempo.

Dices: yo no me sé distanciar como tú, yo no logro esconder la inminente separación. Es como un peso que me aplasta.

Dices: necesito saber que pensarás en mí, tengo la necesidad infantil, ridícula, quizás inaceptable, de que me lo prometas. Solo saber que pensarás en mí me dará la voluntad de seguir viviendo. Contesto: puedo responder con palabras a lo que me pides y decirte: sí, claro, pensaré en ti, pero ya te he respondido con gestos y con actos.

Sería imposible no pensar en ti, es algo inconcebible. Has entrado en mi vida, ocupas el primer lugar en ella, has provocado este cambio espectacular, esta maravillosa devastación, nada volverá a ser igual, nada es ya igual.

Dices: estarás en todos y cada uno de mis pensamientos. Serás quien me acompañe siempre, aun rozando la obsesión. Prefiero mil veces esta obsesión a la monstruosidad cotidiana que me espera, la pavorosa carnicería. Necesito tu recuerdo para aceptar el presente que se me va a otorgar. Dices: recordaré tus dieciséis años, tu pelo negro, tus ojos claros. Te oigo decir esta frase que es mía, que solo me digo a mí mismo o en la soledad de estos cuadernos. Te oigo decir eso, mis dieciséis años, el pelo negro, los ojos claros y me doy cuenta entonces de la dimensión exacta de nuestra intimidad, del enorme terreno que ocupa nuestra comunidad de pensamiento. Entiendo entonces que ser amantes es eso: emplear las mismas palabras para hablar de las mismas cosas sin haber oído nunca al otro emplear esas palabras; que es tener a veces esas similitudes, esos paralelismos sorprendentes.

Sí, eso es lo primero que debes recordar, mis dieciséis años, el pelo negro, los ojos claros, porque eso es lo que soy, eso es lo que más se acerca a lo que soy. Quien habla así de mí es quien mejor habla de mí.

Llegado el momento de separarnos, optamos por no decir nada, permanecer en silencio. Hay un abrazo, una mirada. No hay un beso ni un adiós. Solo está tu cuerpo que se marcha y el mío que se queda. Están los latidos de tu corazón, que se aceleran, y los del mío, que se ralentizan. Está el miedo. Está el tiempo que hemos dejado atrás y el tiempo que tenemos por delante. Está la ternura que se rompe.

Cuando se cierra la puerta, comprendo que ahora empieza otra cosa, algo que no conozco, donde el amor ocupa todo el espacio mientras que el objeto del amor ya no está. Busco el aliento. No lloro. No lloro.

Esta es la historia de Arthur Valès y Vincent de L'Étoile. Es la historia que yo cuento. Si algún día alguien encuentra mis cuadernos, que no dude lo más mínimo de que todo esto es la verdad, que no se avergüence, porque nosotros no nos avergonzamos, que ofrezca nuestros nombres a la posteridad y reprima el reflejo de ocultarlos a la vista, que sea consciente de que se trata de una historia de amor y no de una exaltación pasajera e incontrolada, puesto que sabemos lo que hacemos. Esta es la historia de Arthur Valès y Vincent de L'Étoile. Es la historia que yo cuento.

LIBRO SEGUNDO

La desunión de los cuerpos

Arthur:

Apenas hace unas horas que te has ido, que has abandonado este lugar, y siento tu ausencia tan pesada como la de alguien que ha muerto.

De repente, es como si me diera cuenta por fin de lo que está pasando, como si finalmente entendiera que ya no estás aquí, que ya no volverás a estar aquí. Mis ojos contemplan un paisaje devastado, inmenso.

Es casi increíble. Increíble no haberme dado cuenta antes de lo que sería después. Increíble estar tan sorprendido. Sorprendido, aturdido, aniquilado. La tristeza, peor que nunca.

Deambulo por la habitación vacía, que tu ausencia hace parecer aún más grande, hasta alcanzar proporciones desmesuradas. Como si hubiera perdido los hitos que me guiaban. Como si avanzara en la oscuridad, saltara a lo desconocido.

Voy a tener que afligirme como si llevara luto, porque debo hacer frente a una pérdida. Sé que estás vivo. Rezo para que sigas estándolo. Pero entiendo que estás inaccesible, que estás donde yo no puedo ir a buscarte, y que ignoro por completo la fecha de tu eventual regreso.

No sé cómo se resiste este delirio. No sé cómo se supera una prueba así. No sé absolutamente nada, nada repara mi ignorancia. Tu pérdida es mi pérdida.

No sé cómo se sigue adelante. Y, sin embargo, hay que vivir.

(Carta sin terminar, sin enviar).

Querido amigo:

He tenido que partir de forma algo precipitada a Illiers, desde donde me han llamado para resolver un asunto familiar cuyos detalles le ahorraré, porque presiento que las cosas materiales no son precisamente de su agrado y de paso le reconozco que en ese aspecto, como en tantos otros, solo puedo expresar cuánta razón tiene.

Esta precipitación es la que me lleva, nada más llegar, a escribirle estas pocas líneas, no fuera a pensar que su querido viejo amigo —si me permite presentarme así a su consideración— se comporta de manera un poco descortés con usted, puesto que nos vimos anteayer y no le mencioné este desplazamiento. Pero, como comprenderá, entonces no sabía que me pedirían que realizara con carácter urgente ese desplazamiento.

Ya me perdonará si mis explicaciones le parecen algo confusas o si doy la impresión de que tengo que justificarme ante usted, pero su afecto es tan valioso para mí que no quiero que ningún malentendido o desacierto lo perturbe.

Y luego, por supuesto, me he acostumbrado tanto a nuestros encuentros diarios que no poder verle me entristece hasta un punto que no sé si puede llegar a imaginar. Ah, Vincent, ha acertado tanto en mi corazón que unas pocas horas sin usted bastan para agudizar la sensación de añoranza. ¡Cuando pienso que hace una semana no nos conocíamos! ¿Ve hasta dónde llega su influencia sobre mi pobre persona?

Sin embargo, no vaya a pensar que me prendo así del primero que pasa, principalmente porque usted lo es todo menos el primero que pasa y, después, porque la edad y el grado de desilusión que he alcanzado me llevan a prendarme menos deprisa y de forma más sensata de lo que podía hacerlo en mi juventud.

Quiero que entienda que su compañía me resulta infinitamente agradable y que haberlo conocido podría acabar siendo uno de esos momentos decisivos que se producen muy pocas veces en una vida. Aunque no sé por qué absurda razón siento la necesidad de hacerle esta declaración, dado que lo sabe todo de mí y de lo que siento por usted, dado que me lee como un libro abierto, dado que incluso este mostrarme tanto ante usted me asusta un poco.

Sin duda no me conviene releer esta carta antes de enviársela, porque sería muy capaz de destruirla en el acto, abrumado por mi falta de pudor o de sentido del ridículo. Pero ya sabe lo que se dice de las cartas que se escriben bajo el impulso de una emoción, que son la expresión de nuestra verdad y que no hay que privarse de la oportunidad de expresarla, por lo poco que se presentan este tipo de ocasiones.

Es una carta para decirle que pienso en usted y que lo echo de menos. Escriba lo que escriba, solo quiero decir eso, esa realidad tan simple y hermosa: pienso en usted, lo echo de menos.

Para mí, volver a Illiers siempre es una experiencia extraña. Es volver de verdad a esa infancia que persigo en mis libros, y es precisamente esa confrontación entre la escritura y su objeto lo que resulta extraño.

Escribir sobre mi infancia es, ante todo, escribir sobre Illiers. Aquí es donde empieza la historia de la familia de mi padre. Aquí es donde pasé, primero de niño y luego de adolescente, durante casi quince años, mis vacaciones de verano y también muchas de Semana Santa. Illiers ya es Normandía y aún es un poco Île-de-France, es ese intervalo formado por vastos espacios monótonos. Para llegar a Illiers, tengo que tomar el tren y cambiar en Chartres: así que es toda una excursión. Piense que se tarda horas en llegar a solo un centenar de kilómetros de París. Pero me agrada volver por aquí, volver a ver la iglesia que domina la ciudad, tan imponente que se ha convertido en uno de los personajes de mi obra, volver a esos lugares por los que he paseado tantas veces, hasta el punto de que su recuerdo me acompaña para siempre. Imagino que Illiers no le gustaría tanto como a mí, puesto que no hemos tenido la misma infancia y se aburriría mucho por esas calles desiertas que terminan en interminables campos de trigo. Usted necesita animación, y en Illiers no la encontraría. Como ya le he dicho, es otra cosa: los años perdidos y reconquistados mediante la escritura, la dulzura de las cosas recuperada a fuerza de paciencia, la luz cálida del verano sobre mi rostro de hombre del que de repente se borra la vejez, mis parientes, todos ya fallecidos y de pronto todos vivos.

Y hablarle así de Illiers me inunda los ojos de lágrimas. Me invade la melancolía, aunque es una melancolía feliz. El tiempo transcurrido se impone como una evidencia mientras yo intento recuperar su sabor, entiéndame, ese sabor que nunca se pierde, que está ahí, con nosotros, que nos acompaña en silencio, en secreto, y que reconocemos por casualidad, en un recodo del camino, en el movimiento circular de una mirada, en el crujido de un bosque donde jugábamos hace muchos años. Es una tristeza bonita.

No sé por qué siento esta necesidad de arrojarle a la cara semejante melancolía, cuando está claro que no me ha pedido nada y cuando me parece que cualquier melancolía le queda muy lejos. Supongo que me gustaría que estuviera cerca de mí en estos momentos de reencuentro. ¡Ah, recorrer mi historia y mi geografía a su lado! Sería el hombre más feliz del mundo…

A la espera de que se produzca ese improbable acontecimiento, quiero reiterarle todo mi afecto y enviarle un tierno beso. Tendré que quedarme unos días en Illiers, así que, si no le importa, le volveré a escribir.

Su amigo. Marcel

Estimado Marcel:

Es verano en París bajo las bombas y me siento terriblemente solo. Su carta me ha causado el disgusto de conocer su momentánea ausencia y me ha procurado el consuelo de saber que, pese a este alejamiento, me tiene aún un poco en sus pensamientos.

Presiento que no debería confesárselo, porque intuyo su propensión a la culpa pero, aun así, quiero decirle que desearía enormemente que estuviera aquí, no lejos de mí, en estos días de julio que se están amargando. Creo que lo necesito, necesito nuestras citas. Sé que esas citas me habrían ayudado a superar mejor estas horas que rezuman desgracia por razones que me costaría explicar.

Pero no quiero que se cree ninguna obligación hacia mí, cuando a mí la libertad de los demás, en general, y la suya, en particular, me importan más que la mía propia. Además, seguro que mis angustias se calmarán y que no hay motivo para que se preocupe.

Aquí, ya sabe, la vida sigue su curso, entre los eternos lugares comunes de mi padre y las indecentes jeremiadas de mi madre. A ambas situaciones me he acostumbrado. Hace mucho que decidí dejar de rebelarme contra ellas. En resumen, soy un hijo resignado que espera con paciencia a que pase el tiempo y en el fondo no sé hacia dónde desearía que avanzara.

No, no conozco Illiers, pero, por la forma en la que me habla del lugar, supongo que tiene razón y no podría encontrar allí lo que usted va a buscar. Mi pasado se reduce a París: es lo único que conozco. Si tuviera que evocar recuerdos, no tendría mucho que contar. Mis vínculos no son lugares ni raíces. En realidad, los únicos lazos que me importan están en el presente y son personas. Lo que me vincula al mundo es el afecto que usted me demuestra. Lo que me hace existir es estar en el pensamiento de alguien.

Todo esto no es triste, al contrario. El corazón late.

Un tierno abrazo,
Vincent

Queridísimo Vincent:

Me apresuro a responder a su carta, que me ha llegado hoy y que, como usted intuía, me ha sumido en la mayor de las inquietudes. En efecto, yo le había notado cierto desasosiego que me afectó hondamente. Sí, es posible que a esa indiferencia que aparenta le suceda en ocasiones una angustia muy real que se apodera de usted. Y yo no estoy allí, he ido a elegir precisamente este momento para alejarme de usted...

Como bien ha adivinado, me corroe la culpa y quiero que sepa que, si lo pide, regresaré sin demora. No puedo soportar la idea de saber que está tan triste y tan solo para afrontar esa tristeza. Usted tuvo a bien llamarme amigo: recuerde que para eso están los amigos, para estar ahí cuando los demás ya no están, para ofrecerle un hombro, una mirada, cualquier forma de esa presencia que sabemos que consuela. No dude en recurrir a mí, a nuestra amistad.

No dude tampoco, si se ve en condiciones, en contarme las razones de su malestar. Sabe que no le pido nada, que no le haré ninguna pregunta, primero, porque me han enseñado a no hacer preguntas que puedan resultar indiscretas y, después, porque intuyo que solo me responderá si así lo decide previamente y que decidiría responderme sin que yo le pidiera nada. Admito, no obstante, que podría ayudarle algo mejor si supiera más. Sea como sea, respetaré su decisión y seré quien le acompañe, aunque sea en el más absoluto silencio.

Siempre su muy devoto,

Marcel

Mi querido amor:

Es mi primer día aquí y mi primera acción es escribirte, porque mi primer pensamiento es para ti. Mi primer pensamiento y todos los demás.

También esta carta será sin duda mi primera carta de amor. Así pues, todo parece ser un comienzo, lo que no deja de sonar un poco sorprendente cuando se sabe, como yo lo sé, que la barbarie tiene el mismo rostro en todos los lugares y épocas, y que este campo de batalla se parece, salvo ligeras diferencias únicamente atribuibles al progreso técnico, a los campos de batalla de nuestros libros de historia.

Porque no me quiero engañar y, aunque todo sea nuevo porque tú has puesto mi vida del revés, porque has cambiado por completo las reglas del juego, nada ha cambiado en nuestras trincheras de barro seco bajo el sol de julio. Sigue habiendo el mismo silencio ensordecedor, la misma espera agobiante, los mismos rostros asustados, solo algo más envejecidos. Incluso cuando son rostros de muchachos que nunca había visto antes, me parece reconocerlos, me parece que son rostros que ya he visto, porque los soldados acaban por tener todos el mismo rostro, esa expresión aturdida, inquieta, cansada. Tenemos los mismos cuellos mugrientos sobre los que se apoyan los cuellos de nuestros uniformes sucios, las mismas mejillas grises cubiertas de barba, el mismo pelo sucio. Para encontrar un atisbo de humanidad, para percibir esa diferencia fundamental entre todos nosotros, para distinguirnos siquiera un poco, hay que inspeccionar las miradas. Y, Vincent, eso es precisamente lo que hago todo el día: busco las miradas, los destellos en las miradas. He visto algunas azules que me han llevado a mares inventados, verdes que me han devuelto a mañanas otoñales, negras que expresan un orgullo sombrío, marrones que traslucen una infinita ternura mezclada con desesperación. Busco las miradas de los soldados e intento creer que todavía estamos vivos, que podríamos seguir vivos. Entonces lloro. Pero nadie se burla de mis lágrimas. En la guerra, nadie se burla de un hombre que se derrumba. Todos callamos, miramos hacia otro lado, esperamos a que terminen los llantos, nos quedamos en el silencio de la espera del fin de los llantos.

Y luego llega el momento en que cierro los ojos para recordar los tuyos, para recordar su brillo. Conozco su brillo cuando nos encontramos, cuando nos besamos, cuando no nos hablamos, cuando nos despertamos, y nunca es exactamente el mismo brillo según las circunstancias y, sin embargo, siempre es la misma mirada. Me concentro en esa mirada, intento pensar solo en ella, sé que ese pensamiento me protege, me hace vivir un poco más, que no me pasará nada. Es así, tú me miras y pareces decirme: tranquilo, no te pasará nada, nada mientras yo te mire.

Menuda tontería, ¿verdad? Sí, una tontería atroz. Y, sin embargo, no es más que eso. Eso es lo que quería decirte. Y también que te quiero, aunque sé que no deseas verme escribir esto. Pero ¿qué podría escribir que se acercara más a la verdad? Sí, te quiero, Vincent. Eso es todo.

Arthur

Arthur:

Te escribo sin saber si recibirás mi carta. No acabo de entender cómo se puede hacer llegar la correspondencia hasta un campo de batalla. La verdad es que para mí es un misterio insondable. Pero me cuentan que las autoridades militares hacen todo lo posible para que las cartas lleguen a sus destinatarios, porque estas influyen favorablemente en la moral de las tropas, y a mí, evidentemente, me conviene creerlo. Me importa saber que mis palabras no se perderán, que podrás leerlas. Cuando escribo, te imagino leyendo lo que escribo.

No sé yo si a la institución militar le haría mucha gracia saber que se encarga de transportar las misivas que un joven de dieciséis años envía a su amado en las trincheras, pero nuestro engaño me regocija un poco. En medio de esta carnicería sin sentido, no viene mal alguna travesura. Sigo creyendo que es la ligereza lo que nos salva.

Tal vez te choque que hable de ligereza, pero sé que me has ido conociendo. Nada más lejos de mi intención que la provocación. Digo las cosas tal y como me vienen, sin pensarlas realmente, como un niño que arroja sus juguetes a sus padres, sin mala intención. Puedo ser serio, pero no quiero ser siniestro. Estoy del lado de la vida, siempre.

Yo también recuerdo tu mirada con una precisión casi inquietante. Recuerdo los matices de esa mirada, los cambios ínfimos, apenas perceptibles. Y en ese apenas perceptibles están las alteraciones más fuertes, el paso de la luz a la sombra, de la alegría a la tristeza, de la seguridad a la timidez. Sé que vi lo que otros no supieron ver, o no se les ocurrió ver.

Dispongo del día entero para pensar en ti. No hago otra cosa. Es mi única ocupación. Mis padres me dejan en paz. La ciudad está vacía y los últimos habitantes de nuestra ciudad desierta parecen esconderse, a la espera de algún bombardeo inminente. El sol se cuela por las persianas de esta habitación donde ya no estás y donde puedo encontrar tu presencia en cada objeto. Vivo en la indolencia, una indolencia melancólica y dulce.

Aun así, a veces escribo cartas a mi amigo Marcel, del que no te he hablado porque cuando estábamos juntos teníamos otras cosas que hacer que hablar de mis amigos. Y para que no te sientas celoso en vano, te aclaro que Marcel es un viejo escritor poco agraciado. También es una persona atenta y encantadora, cuya compañía ayuda a pasar los días. Así, habiéndome quedado solo en nuestra querida capital, envío misivas a provincias, con la esperanza de borrar un poco esta soledad. Me encanta la idea del viaje de las palabras hacia aquellos para las que han sido escritas. Las palabras viajan y te cuentan el estremecimiento que siento al volver a tu campo de desolación. Te cuentan…

Vincent

Queridísimo Marcel:

Quería guardármelo todo para mí, pero veo que es imposible y usted es claramente la persona, sin lugar a duda la única persona con la que puedo hablar.

Quería guardármelo todo para mí porque las historias del corazón deberían quedar siempre secretas, porque es en el secreto donde mejor florecen, según dicen.

El secreto, claro está, es una forma de pudor, una expresión de timidez. Es ese silencio que nos protege de la mirada de los demás, que de entrada ignoramos si será benevolente, neutra o maliciosa.

El secreto es también una forma de ganar tiempo, de esperar a estar seguro de que lo que se esconde realmente merece la pena esconderlo. Es esa deliciosa impaciencia que precede a la confesión. El secreto, por último, a veces tiene por motivo ocultar lo que no se puede decir sin crear revuelo. Es una forma de no provocar reacciones escandalizadas, cuando lo que protege parece, por ejemplo, contrario a las buenas costumbres.

Pero el secreto no se puede utilizar con los verdaderos amigos, precisamente a los verdaderos amigos no apetece ocultarles nada, porque, ante ellos, sentimos el deseo de hacer esa confesión que nos quema, y porque sabemos que nos comprenderán.

Creo que puedo decir que usted es uno de esos amigos verdaderos. De modo que no perderé más tiempo en contarle que conocí a un joven soldado de veintiún años, maestro de profesión, alistado en nuestra Gran Guerra, y que albergo por este joven, y él alberga por mí, los sentimientos más vivos y, me atrevería a decir, los más apasionados.

Quiero decirle, Marcel, que esta pasión es también una pasión carnal.

Ese es mi terrible, grande, pobre y maravilloso secreto. Lo que me alegra y entristece. La alegría de una felicidad inesperada, sin complejos. La tristeza de una separación injusta y dolorosa. Ya está, Marcel, ahora lo sabe todo. O mejor dicho, sabe lo esencial. El resto, es decir, las palabras, los gestos, las miradas, lo puede imaginar sin necesidad de que yo le cuente más.

Entendería que se sintiera ofendido, porque creo adivinar lo ofensivo que puede resultar el amor de un chico por otro chico, lo ofensivo que puede haber en esta ofrenda del cuerpo con apenas dieciséis años, lo ofensiva que puede resultar esta historia que implica a uno de nuestros soldados en un momento en el que nuestro ejército no debería tener que lidiar, además, con un posible escándalo. Sepa que mi intención no era ofender ni buscar el escándalo. No pensé en nada de eso en el momento de abrazarlo la primera vez. No me sentí sujeto —y tal vez ahí me equivoqué— a ningún principio moral cuando sus labios y los míos se encontraron por primera vez. No tuve la impresión de hacer nada malo y sigo sin tenerla. Estoy muy lejos de cualquier sentimiento de culpa porque estoy muy cerca de un sentimiento de amor. Reconozco, sin embargo, su lógico derecho a considerar que sí he actuado mal, por mucho que intuya que me reconocerá el derecho a la diferencia.

Aguardo con impaciencia su parecer. Espero su clemencia y, tal vez, su apoyo. Considéreme siempre, pase lo que pase, su querido amigo,

Vincent de L'Étoile

Mi pequeño:

Debo confesarle antes que nada que usted es para mí, más allá de lo que podría haber imaginado cuando lo conocí, la fuente de sorpresas extraordinarias. Ya intuía que no era uno de esos adolescentes sosos y fatuos que se convierten en maridos aburridos, ni uno de esos dandis extravagantes que acaban siendo vejestorios repugnantes. Sospechaba que, tras la máscara del bello indiferente, ardía un fuego y que, a pesar de aquel aire de imperturbabilidad, podía caer víctima de la pasión. Pero de ahí a imaginar lo que me revela en su carta recién llegada hoy a Illiers había, más que un paso, una puerta; una puerta que nunca habría esperado tener que cruzar.

Es evidente que usted es distinto a todos los demás y comprenda que en esta constatación se encuentra todo el pesar de quien habría deseado poder compartir un parecido.

Por supuesto, ajustándome a la moralidad no puedo sino condenar enérgicamente los extravíos indignos que me relata. Imagine, un joven de buena familia sucumbiendo al abominable vicio de los griegos. Solo eso bastaría para desterrarlo para siempre. Pero hay algo peor y usted lo señala con acierto: esta escandalosa inversión se produce cuando usted es todavía casi un niño y cree que debe consumarla con un valiente combatiente de nuestra guerra que tiene la obligación de ser un ejemplo. No, decididamente, no hay nada en esta historia que no pueda despertar indignación, cuando no repugnancia. Debería decirle, como leo a veces en los folletines que publican nuestros periódicos: dejémoslo aquí, señor mío, no deseo tener más trato con usted. Pero es obvio que, si usted se ha confesado conmigo, es sin duda porque confía en mi reacción, en mi juicio, y porque intuye que no voy a lanzar condenas sumarias y precipitadas contra usted. Y, por supuesto, tiene razón.

Yo no poseo la mojigatería de los beatos y creo en el hombre antes que en una moral que lo domine todo. Considero que siempre es correcto buscar la felicidad y siempre felicito a quienes creen haberla encontrado, incluso cuando lo han hecho por caminos desviados.

Pero no vaya a pensar por eso, Vincent, que lo absuelvo. La absolución no está entre mis prerrogativas ni entre mis costumbres. Quiero dejarlo solo ante su conciencia, y enteramente dueño, maravillosa y peligrosamente dueño de sus elecciones o, al menos, dueño de sus inclinaciones.

Simplemente creo que debo advertirle contra ese tipo de arrebatos que a veces se experimentan en las edades más exaltadas de la vida, cuando el cuerpo y la mente cambian y se sienten disponibles para nuevas experiencias. Yo he conocido esos arrebatos, sé lo que tenían de delicioso y emocionante, pero también sé lo que tuvieron de doloroso. Sé que hay que soportar la mirada de los demás, su desprecio, su maldad o, simplemente, su sabiduría frente a nuestra supuesta ignorancia, su firmeza ante nuestros supuestos extravíos, su rigor contra nuestra inmoralidad, su virtud contra nuestra perversión. Sé que hay que lidiar con el rechazo de aquellos hacia quienes sentimos más atracción, con el entusiasmo que ofrecemos y que no se nos devuelve. Sé de la soledad y el sufrimiento. Sé del encierro. No querría eso para usted porque le aprecio mucho, como ya le he dicho.

No se exponga inútilmente a la vindicta pública, no se ofrezca sin precaución a la crueldad de los demás. Desconfíe de esas ofrendas que a veces se hacen con ingenuidad y sinceridad y que le exponen a recibir las heridas más profundas.

En el mismo sentido, admiro y envidio por igual su magnífica libertad, su forma de desafiar las prohibiciones de la forma más natural, sin plantearse probablemente la cuestión del bien y del mal, su libertad siempre en la experiencia de la carne, su habilidad para ponerse a la vez en el mayor de los peligros y en la más exaltante de las felicidades. Aplaudo su valentía, aunque usted no tenga la impresión de haber cometido un acto de valentía.

Y quiero decirle que, por supuesto, más aún que ayer, soy su amigo, estoy a su lado, soy quien está ahí en los momentos felices y en las horas melancólicas. Sigo siendo quien escribe un libro para usted.

Su Marcel

Marcel:

Le agradezco de todo corazón su carta, que quizá me haya salvado la vida. El secreto se había vuelto tan agobiante que confesarlo devino de repente algo absolutamente necesario, vital. Le agradezco que me haya permitido confesarlo.

No imaginaba que todo se alteraría tanto. Creía que no se cambia, que en el fondo no se cambia. Creía que siempre tendría esa indolencia que es mi sello distintivo, esa indiferencia que no es sino el rechazo de toda restricción innecesaria. Y esa idea simple de que nada es importante y todo es posible.

Lo creía firmemente, con esa fe que solo los niños pueden tener a veces. ¿Es eso lo que significa hacerse adulto? ¿Abandonar esas creencias que nos sostienen y nos tranquilizan?

Me equivocaba. Ahora veo hasta qué punto las dos aventuras que estoy viviendo, los dos encuentros que se produjeron casi al mismo tiempo, modifican mi estado de ánimo, llenándolo a la vez de euforia y de inquietud, sensaciones ambas que me eran totalmente ajenas.

Seguramente tiene razón cuando me aconseja tener cuidado con esos enardecimientos que experimento y prepararme para un futuro de desengaño. Pero, ¿cómo vivir si no es en el presente?

¿Y por qué sacrificar la felicidad de hoy por la posible tristeza de mañana?

Marcel, tiene razón y, sin embargo, no seguiré sus consejos. Quiero vivir. Quiero sentir la emoción de la vida. Esa excitación que es sinónimo de placer y de miedo. Quiero ser feliz, aun a riesgo de sufrir.

Además, ¿no es lo bastante evidente mi sufrimiento? El dolor que me produce estar separado de él. Apenas me lo habían dado, vinieron a quitármelo. Y nadie me dice cuándo me lo devolverán. Se necesita mucho amor para superar ese dolor, entiéndalo. Mucho amor. Si dominara este sentimiento, se me llevaría el dolor, me barrería. Comprenda, pues, que no quiera controlar nada, sino todo lo contrario, prefiero dejarme ir en este aturdimiento.

En la vorágine en la que me hallo sumido, voy a necesitarlo, Marcel. Voy a necesitar su amistad, su comprensión, su apoyo. Voy a necesitar que me guíe. Creo haber comprendido el afecto que siente por los hombres. Voy a necesitar que me diga cómo se vive una vida con ese amor por los hombres. Porque, mientras se lo confesaba, me he dado cuenta de que mi amor por Arthur viene de lo más profundo, que no se trata de un capricho o un experimento, sino de una orientación decidida.

¿Aceptará ser ese guía, ese amigo desinteresado y justo? ¿Aceptará hablarme como un hombre que sabe a un joven que no sabe?

Le abrazo, querido Marcel.

Vincent

Mi amor,

Lo único que hay aquí es el constante estallido de los obuses. La tierra amarillenta está destrozada, agujereada, hundida, y de las colinas vecinas se elevan columnas de humo. Por todas partes se generan pequeños incendios y el suelo tiembla. Todo es un caos, un desorden indescriptible. Las raras veces en que cesa el diluvio logramos distinguir a aquellos de nosotros cuyos cuerpos yacen a pocos metros. Algunos están en pedazos, irreconocibles, cubiertos de polvo y sangre. Otros están milagrosamente intactos y tardamos un poco en ver un fino hilo de sangre que brota de una sien o de un pecho y nos indica que toda la vida se ha ido de ese cuerpo joven y aún caliente contra el que nos hubiera gustado acurrucarnos. Las treguas son siempre breves. Los bombardeos apenas se interrumpen unos minutos. Y, con los bombardeos, se reanudan los asaltos, cada vez más desesperados, cada vez más mortíferos. Es una espantosa carnicería. Es un juego abominable de masacre, absurdo a todas luces y a más no poder. Pero a veces me pregunto si no es precisamente esa absurdidad, esa cacofonía, lo que nos permite volver a salir al combate una y otra vez, precisamente porque es justo lo contrario de cualquier forma de inteligencia, porque nos evita tener que pensar. Aquí, si piensas, acabas girando la propia arma contra ti mismo. Es una miseria, una desolación tan grande. La gente no puede imaginárselo. Los que cuenten nuestra historia más adelante no encontrarán las palabras, porque no hay palabras. E incluso lo poco que describan, lo que transmitan, no se creerá o no se entenderá. Quedarán solos, completamente solos, con el recuerdo indeleble e incomunicable de este calvario.

Sé que no debería hablarte de esto, que solo puede causarte inquietud, pero ¿cómo no dar testimonio? ¿Cómo guardarme todo esto para mí solo? Es imposible, ¿entiendes? Imposible callar. Imposible silenciar este espantoso espectáculo del que somos actores involuntarios. Imposible no intentar recrear el horror de la vida cotidiana. Es algo que nos impregna absolutamente hasta convertirse en nosotros mismos, hasta volverse consustancial. Algo que nos envuelve, como un manto de muerte que no tenemos más remedio que llevar. Algo que está sobre nosotros, con nosotros, contra nosotros, en nosotros, todo a la vez. Algo que ronda.

No podría escribirte sin hablarte de ello, a menos que decidiera mentirte, ocultarte nuestra verdad, y no quiero que haya entre nosotros la más mínima mentira, la más mínima impureza. Que en medio de esta inmensa mancha que es la guerra, quede al menos la pureza, la de nuestro vínculo. Es esa pureza la que ayuda a sobrevivir. Y es ella la que irrumpe en medio de mis noches, la que resalta.

Me gustaría creer que esta pureza podría permitirnos vencer al enemigo que se nos ha asignado, pero la lucidez más básica me obliga a rendirme a la evidencia: esta pureza, por muy poderosa que sea, no puede hacer nada contra la barbarie en la que estamos inmersos. No es más que un escudo ilusorio, una armadura de papel. Nuestro amor es un tul que no detendrá las balas. Y eso mientras no se convierta en mi mortaja.

Perdón, perdón otra vez, por esta desesperación que te envío, este abatimiento que es lo único que se me ocurre ofrecerte. Has de saber que, por mucho que la mente esté atormentada y el cuerpo, amenazado, los sentimientos permanecen intactos, como en el momento del primer abrazo, como en el del último. Has de saber que junto a esta desesperación existe la felicidad sin igual de tenerte en mi corazón. Has de saber que se puede ser, al mismo tiempo, el hombre más feliz del mundo y el más desgraciado.

Por último, quiero decirte que me tranquiliza saber de tu relación con ese amigo del que me hablas en tu carta. Así estás menos solo. Es necesario tener amigos. Son el sentido que le damos a la vida. Cuéntame un poco más de él.

Conociéndolo mejor, me parece que me acercaré aún más a ti.

Te escribiré en cuanto pueda. Te abrazo y te quiero.

Arthur

Arthur,

Empecemos por lo que sigo considerando un milagro: me llegan tus cartas. Y, mientras escribo estas líneas, pienso que eso es lo que me llega más adentro: recibir tus cartas. Nada me llega tanto.

Recibir tus cartas es como recibir a la vez un puñetazo y una caricia. Calibro mejor el peligro que te acecha constantemente y calibro también mejor hasta qué punto te echo de menos.

Si supieras cuánto te echo de menos. Te echo de menos a cada instante. Cada gesto está incompleto. A cada palabra le responde el silencio. Cada lugar que habito está vacío de tu cuerpo. Cada mirada es ciega. Cada minuto es una dentellada, un lamento.

Por todas partes siento tu olor, tu desorden.

Me parece que, a veces, lloro. Eso sí que está ahí, las lágrimas. No puedo evitarlas. Brotan sin que pueda impedirlo. En los momentos de terrible desesperación. En los momentos en que los recuerdos son insoportables. No deberíamos tener memoria. Habría que poder olvidarlo todo, estar en la pureza anterior a esta historia.

Pero luego pienso que esta historia es lo más bonito que me ha pasado nunca. Quisiera recordarlo todo, sin omitir ningún detalle. Lo anoto todo en cuadernos escolares para estar seguro de no omitir ningún detalle.

Y además el reloj que te dejaste. Es el único objeto tuyo que tengo. Es lo que todavía me une a ti. Es el vínculo, el único vínculo material contigo. La ironía del azar, que me ha dejado precisamente lo que me permite medir lo que me separa de ti. Gracias a este reloj, sé el tiempo que pasa entre nosotros sin saber nada del tiempo que queda antes de que quizá volvamos a estar juntos.

¿Cómo puedo haber estado contigo y haber estado sin ti? ¿Cómo he podido perderte? De vez en cuando pienso, contra toda razón: debería haberlo retenido, haberle impedido marcharse, haber huido con él, haberlo convertido en un desertor. Después de todo, a mí qué me importa el destino de este país. Lo que importa somos nosotros. Nosotros antes que ellos, antes que todos los demás. Es un pensamiento que nunca dura mucho porque enseguida sé ver que es absurdo y fútil. Pero dura lo suficiente como para herir de verdad, para infligir una herida profunda, que tardo horas en curar.

Si no he muerto aún es porque siento que no estamos separados para siempre.

A veces, esa única idea me ayuda a tener menos miedo.

Para espantar al miedo también está el otro, el que está aquí, accesible, con el que puedo hablar, que me tranquiliza, que me ayuda a soportar tu ausencia. Está Marcel.

Marcel, como te dije, es escritor. Un escritor famoso y de renombre. Puede que hayas oído hablar de él. Para mí es, sobre todo, un ser afable, a quien creo poder confiar tanto mi pesar como la gran felicidad que me haces vivir.

Al final me decidí a leer sus libros, para conocerlo mejor. Debes saber que escribe textos maravillosos sobre la infancia. Son textos tiernos y melancólicos, que refieren un universo que a mí me gustaría haber conocido. Me hubiera gustado tener su pasado, como creo que a él le gustaría tener mi futuro.

Veo hasta qué punto Marcel es, ante todo, un hombre totalmente volcado hacia el pasado, como si buscara una edad de oro desaparecida para siempre, como si intentara recuperar sensaciones perdidas que añora. Su obra escruta el pasado y hasta él mismo parece totalmente ajeno a las revoluciones que se han producido en los últimos años, sobre todo en el campo del arte. Le apasionan Vermeer y Chardin y no sabría decir nada sobre Rimbaud o Picasso. Marcel es todo lo contrario a un hombre moderno. Pero no se me ocurriría reprochárselo, porque en él se perciben, asociado a la nostalgia, cierto sufrimiento a flor de piel y el convencimiento de que los años hermosos han quedado atrás y que el tiempo que le queda solo puede servir para dar testimonio acerca del tiempo perdido.

Siento una profunda ternura por él, quizá por esa desesperación asumida, pero sin duda también por su absoluto respeto a la libertad del otro, esa forma de permitir al otro convertirse en lo que es. Es un gran consuelo para mí.

En el momento de acabar de escribir esta carta, a la que muy pronto seguirá otra, puesto que escribiéndolas es cuando me siento más cerca de ti, quiero que recuerdes que Marcel me cuida y que su presencia me ayuda a soportar mejor tu ausencia.

Un abrazo infinito,
Vincent

Mi pequeño:

Por la presente vuelvo a usted, aún con el gran pesar de no poder estar a su lado en estos momentos (quizás) decisivos de su vida, puesto que sigo atado a la carga burocrática que me retiene en Illiers.

Me honra y le agradezco que considere que mis consejos pueden serle útiles. Le advierto antes que nada que no estoy seguro de que mis consejos sean necesariamente acertados, pues dudo que mi experiencia pueda responder a todas sus preguntas. Sé muy bien, por otra parte, que al dar consejos hay que andarse con cuidado, porque, si nos equivocamos, jugamos con vidas ajenas, y en ese juego no quiero participar.

En cualquier caso, puesto que me lo ha pedido, puedo compartir con usted dos o tres cosas en las que creo y que pueden resultarle útiles para reflexionar sobre el rumbo que desea dar a su vida.

En primer lugar, no olvide nunca que la inversión, puesto que así es como debemos referirnos al asunto que nos ocupa, la inversión sigue considerándose un delito. No voy a recordarle los sonados juicios sobre los que tanto se ha hablado en los últimos años y que dan prueba, por si aún fuera necesario, de que los paradigmas de la moral burguesa y judeocristiana siguen dominando y decidiendo por nosotros lo que está bien y lo que está mal. Comprenda, querido Vincent, que la barbarie y la estupidez no solo se manifiestan en nuestros campos de batalla, sino también en nuestros libros de derecho y en las mentes de la clase que nos gobierna. Le ruego que tenga en cuenta, en cada uno de sus actos, esta odiosa realidad. Sé que en nada teme el escándalo, ni para usted ni para su familia, pero me resultaría bastante desagradable tener que visitarle a partir de ahora en la cárcel. Porque a eso es precisamente a lo que se arriesga, sí: a la cárcel. Con estas cosas no se juega. En la Francia actual, es mejor matar a una anciana que amar demasiado a un chico cuando uno mismo es un chico.

Después hay otra cosa que me gustaría decirle y que posiblemente no querrá oír ni creer: he llegado a la convicción de que los que aman y los que gozan no son los mismos.

Creo, en efecto —ya me perdonará—, que el amor y no otra cosa es la causa del sufrimiento.

Debe saber que el otro es, ante todo, aquel que nos hace o nos hará sufrir, porque siempre se nos escapa, tarde o temprano, a las claras o con subterfugios, de forma consciente o inconsciente, total o parcial. Sí, siempre se nos escapa y nos vemos en la imposibilidad de poseerlo por completo. Poseer:

qué palabra tan fea, ¿verdad? Ya le estoy oyendo desde aquí. Y, sin embargo, el amor es, lo queramos o no, una cuestión de posesión al final de todo. ¿Tú me amas? ¿Amas a otro que no soy yo?

Peor aún: es precisamente porque el otro se escapa por lo que lo amamos más. Es el obstáculo lo que alimenta la pasión, lo que la cristaliza. Es la dificultad. Es esa necesidad permanente de seducir, de convencer, de mantenerlo cerca, de impedir que se vaya, lo que alimenta el amor. Acabamos así en un círculo vicioso, con una inevitable derrota cuando creíamos ganar, vencidos al final porque no podíamos ganar. El amor genera su propia destrucción.

También quiero añadir que, cuando digo que los que aman y los que gozan no son los mismos, simplemente señalo que, en una relación amorosa, suele haber uno que da y otro que toma, uno que se ofrece y otro que elige, uno que se expone y otro que se protege, uno que sufrirá y otro que saldrá indemne. Es un juego cruel porque está amañado. Es un juego peligroso porque alguien tiene que perder, siempre. Imagino que se enfadará un poco conmigo por imponerle lo que pretendo que sean verdades y que, en el peor de los casos, le parecerán sandeces y, en el mejor, realidades que no se aplican a su situación. Sé, claro, que no se reconocerá en mi descripción y se sentirá tentado a reprocharme mi actitud aguafiestas. Y yo, yo no le guardaré rencor por su incredulidad y sus reproches.

Vincent, usted tiene dieciséis años y yo cuarenta y cinco. De los dos, yo soy el que sabe. De los dos, usted es el que tiene razón. A los dieciséis años siempre se tiene razón. Lo que se cree a los dieciséis años da igual que sea verdad o no. Lo que se cree a los dieciséis años es más fuerte que cualquier verdad.

Pero la sinceridad me obliga a decirle lo que le acabo de decir. Ya he pasado la edad de regalarle a la gente lo que quiere oír. Eso solo vale para las conversaciones de salón, y me empeño en pensar que nuestros diálogos valen más que las conversaciones de salón.

Y nuestra amistad me obliga a decirle que yo he vivido la devastación producida por la pérdida de un ser querido. Una devastación que me llevó a desear con todo mi corazón, cada vez que subía a un taxi, que el autobús que venía me atropellara. Que me llevó a desear mi propia muerte para acabar con el espantoso, indescriptible e insuperable dolor que me había causado la mera pérdida de un ser querido. Valga esta confesión para que calcule hasta qué punto lo quería. Y no basta con decir que lo quería, lo amaba. Y, en cambio, no me atrevería a afirmar que el afecto que yo recibía fuera realmente sincero, ya que intervenía una porción nada desdeñable de interés y, en muchas ocasiones, tuve que soportar los tormentos de unos celos agotadores alimentados por su frivolidad, su inconstancia y, a veces, su crueldad. ¿No le parece una historia triste? Pues es la de mi vida.

Espero que me demuestre que me equivoco y que ame a su Arthur y sea amado por igual por él, sin que nada perturbe ese amor. Le deseo de verdad la felicidad, porque se la merece.

Escríbame, mi pequeño. Hábleme más de él y hábleme más de usted. Le envío un cariñoso abrazo.

Su Marcel.

Arthur:

Te escribo sin haber recibido ninguna carta tuya, partido entre la angustia de imaginar que, si no recibo nada, es porque no envías nada (¿y por qué no envías nada?) y la rabia (injusta) ante la lentitud del servicio postal en tiempos de guerra.

Te escribo porque es imposible no escribir, imposible seguir en silencio, imposible no intentar llegar a ti con palabras, imposible expulsarte de mis pensamientos y, cuando estos se convierten en obsesión, la escritura se convierte en una válvula de escape, una terapia.

Te escribo porque tus cartas tardan más en llegarme de lo que soy capaz de esperar antes de volver a escribirte, y son así medición de mi impaciencia, del inexorable acrecentamiento de mi impaciencia.

Te escribo porque escribirte es estar contigo. Es un intento de acercamiento, un intento condenado al fracaso teniendo en cuenta que una carta nunca ha borrado una distancia física, pero quizá un intento logrado si consideramos que, en el momento preciso en que escribo, solo pienso en ti, en nada más que en lo que eres tú, me consagro por completo a ti.

También para volver a estar un poco contigo, he hablado con tu madre. He dado el paso de acercarme, de dirigirme a ella, a quien veo todos los días y me limito a saludar por la mañana cuando llega a esta casa y por la noche cuando se va. He hecho eso, hablar con ella, algo que nunca había hecho antes. He tenido que reunir mucho valor e intentarlo varias veces antes de que saliera alguna palabra de mi boca. He tenido que esperar a que estuviéramos solos y a que no estuviera demasiado ocupada con algún encargo urgente de mi madre. He tenido que superar la vergüenza de no haberle hablado nunca en todos estos años y de hacerlo solo ahora porque sentía una necesidad irrefrenable. He tenido que hacer frente también a los posibles reproches que tú me podrías hacer, a tu posible desaprobación. Es un proyecto que me ha agotado, al que he estado a punto de renunciar en numerosas ocasiones.

De modo que esta mañana, en verdad sin haberlo previsto, aprovechando la feliz coincidencia de su disponibilidad y mi ociosa presencia en el salón, vacío porque mis padres se habían ido a visitar a mi abuela a Auteuil, me he decidido por fin a abordar a tu madre. Cuando iba a pronunciar la primera palabra, se me ha cortado la respiración, como a quien salta al vacío. Y, encima, la primera frase me ha salido casi inaudible. Tu madre habrá pensado que era un joven muy tonto, aunque, por supuesto, no ha dejado traslucir nada. Al principio, apenas hemos hablado de nada, hasta el punto de que no sabría decirte exactamente qué trivialidades hemos comentado. Supongo que el tiempo que hace y lo interminable que es este verano.

Hasta que he dicho: ¿ha recibido noticias de su hijo? En ese mismo instante ha tensado el cuerpo, su rostro ha adquirido una expresión grave y tierna a la vez, y se ha limitado a responder: ayer llegó una carta. Dice que está bien. Luego parecía que quería añadir algo, pero al final no lo ha hecho. Yo también quería que la conversación no se acabara ahí y no he sabido qué decirle.

Ha sido un intercambio de titubeos silenciosos.

Pero, pese al silencio, no había incomodidad. No era un silencio incómodo. Era más bien un recogimiento y también la expresión de un pudor infinito. No nos hemos separado durante ese silencio porque ambos sentíamos que había algo más que decir, algo más que compartir. Al levantar la vista, he visto que me observaba, con una mirada que no era inquietante, sino más bien contemplativa. Sí, eso es lo que hacía, contemplarme. Y yo en sus ojos he visto que lo sabía todo, sin que le hayan dicho nada, que lo había adivinado todo, que había comprendido toda esta historia, nuestra historia. Era apenas perceptible, aquella mirada fija, el brillo de los ojos y una expresión maternal que nunca había visto en mi propia madre, y también cierta angustia, o más bien una llamada de auxilio. Pero sí, allí estábamos, ella y yo, de pie en medio del salón, sin decirnos nada, y eso era mejor que las palabras.

Al salir de la habitación, se ha vuelto una última vez y solo ha dicho: la próxima vez que le lleguen noticias de él, ¿sería tan amable de avisarme? He asentido ligeramente con la cabeza. En cuanto ha salido, me he puesto a llorar. Inexplicablemente, me he puesto a llorar.

He sentido que acababa de vivir uno de los momentos más dignos y emotivos de mi vida.

Dime, Arthur, que no te has enfadado. Dime que no he actuado mal. Necesito tu absolución. Estoy tan solo aquí, tan desamparado. Tengo que arreglármelas con esta soledad, con esta desazón. Y no sé qué está bien y qué está mal. Dime que no he hecho nada malo.

El propio Marcel, el dulce y comprensivo Marcel, me pone en guardia contra los enardecimientos del corazón, hasta el punto de que leer sus cartas me altera. Si encima ahora tú expresas tu desaprobación, acabaré sin saber qué hacer ni cómo comportarme.

Espero noticias tuyas como lo haría la esposa de un marinero que se ha quedado en el puerto. Te abrazo.

V.

Vincent mío:

Antes que nada, antes de responder a tu carta, antes de decirte otra vez cuánto te quiero, quiero hablarte de Alexis Guérande.

Debo hablarte de Alexis Guérande.

Alexis iba a cumplir veinte años en unos días, el 17 de agosto, para ser exactos. Era de Quimper, hijo único de una lavandera y un panadero del departamento de Finisterre. Poeta a ratos, Alexis era un joven solitario, algo taciturno, que echaba mucho de menos su tierra y a sus padres, sentía nostalgia del mar y de los suyos. Hablaba poco, se protegía de las miradas, se protegía de los demás, como si les tuviera miedo, como si su compañía pudiera ser una amenaza, y supongo que por eso me acerqué a él más que a ningún otro.

Ya te lo dije: la guerra genera esta forma de intimidad repentina y la arrebata tan deprisa como la crea. Por eso, nunca llegas a encariñarte de verdad con nadie, aunque en algunos momentos sientas por alguien un afecto que posiblemente no sentirías con tanta intensidad en la vida civil. Esta contradicción se acentúa aún más porque, a la vez que sientes la necesidad de un compañero, no te atreves a prestarle demasiado afecto, porque nunca olvidas que todo puede terminar de la manera más brutal y en cualquier momento bajo una lluvia de obuses que no has visto venir.

Creo que así era el afecto que me unía a Alexis, sincero y sin ilusiones a la vez, fuerte y consciente de su extrema precariedad, duro y frágil. Y quiero pensar que ese afecto era mutuo, que Alexis también apreciaba mi compañía y había encontrado en mí a alguien con quien hablar, en quien confiar quizá. Hablábamos mucho, él y yo, en las horas de terrible espera entre dos combates, dos lluvias de obuses.

Cuando pienso en él, lo primero que oigo es su voz, una voz calmada y lenta, en la que cada palabra pronunciada tiene un sentido, en la que cada confesión es darse y, al mismo tiempo, olvidarse. Lo oigo hablarme de su Bretaña, de las tierras de su infancia, del clima húmedo, de las brumas matinales, de la sencillez de aquella vida, junto a su padre y su madre, de la felicidad, en definitiva. Oigo su voz como un susurro en la brecha.

Juntos también subimos al frente. En medio de un espantoso estruendo, con un pánico indescriptible, participamos, codo con codo, en el avance de nuestras líneas. Porque, como sabes, debemos avanzar a toda costa, ganar milímetros de terreno al enemigo, llegar a las alambradas que hay a cien metros de nosotros. Debemos seguir adelante, poner rodilla en tierra, detenernos, apuntar, quizá matar a alguien, volver a partir, esperar no estar en la mira de otro. Y, en esta progresión, cada vez perdemos decenas de hombres. Las balas que silban encuentran su destino en decenas de corazones. Los cañones, cuyo incesante tronar debemos soportar, hacen saltar por el aire surcado por los obuses decenas de cuerpos horriblemente mutilados, lisiados, destrozados. Para escapar de esta masacre, a veces nos arrastramos por agujeros, intentamos acurrucarnos en ellos y esperamos a que los disparos cesen por fin. Y, cuando vuelve la calma —¿pero se puede llamar calma a ese aterrador silencio?—, oímos las débiles voces de los heridos que llaman a sus madres como en un patético recuerdo de la infancia, las voces de los moribundos que imploran que los socorran o que los rematen, oímos, procedentes de no se sabe dónde, oraciones entre los escombros, conjuros que se esfuman con el humo de los obuses explosionados. Luego nos llega el hediondo olor de los cadáveres esparcidos por los campos, un olor a fosa común mezclado con el de la pólvora. Porque eso nadie lo dice, pero la muerte tiene un olor propio. Y, si se me concede vivir, por fuerza lo reconoceré si tengo que volver a olerlo. Luego, cuando emergemos de nuestro refugio improvisado, vemos cadáveres por todas partes, cadáveres en posturas extrañas, a veces entrelazados como en una escena amorosa incongruente en ese lugar, la imagen congelada de una carnicería.

Eso es lo que viví con Alexis Guérande, soldado de veinte años. Eso y el horno de las noches abrasadoras, la vergüenza y la cobardía de la retirada cuando el enemigo es más fuerte que nosotros, y otras cosas más que ahora contaría en vano, dado que uno acaba cansándose de todo, incluso de relatar atrocidades que con el tiempo se hacen espantosamente habituales.

Alexis Guérande ha muerto. Alexis Guérande ha muerto esta mañana, a mi lado. Ha muerto, cuando una bala perdida le ha entrado en la cabeza, en un momento de respiro, en un momento en que los combates habían cesado y nuestra atención se había relajado. Una sola bala que se ha alojado en la sien izquierda, nada más, algo muy limpio, como un destello de diamante puro que de repente forma un agujero rojo al final de sus cejas. La muerte ha sido instantánea. Alexis no se ha dado cuenta de nada, no ha visto venir nada. Justo después, ha brotado por su boca un fino hilo de sangre. Se le han quedado los ojos abiertos. Unos ojos muy claros, muy bellos, de repente vacíos, inmóviles. Todo en unos pocos segundos: el impacto de la bala, el hilo de sangre, la mirada fija.

En un campo de batalla te acostumbras a la muerte, la reconoces con facilidad. Enseguida entiendes qué ha pasado. Lo aceptas como una fatalidad, una injusticia que tenía que ocurrir. No dices nada. Solo sientes un poco de dolor y pasas a otra cosa, sigues adelante. Si no puedes soportar eso, si no puedes continuar después de eso, estás perdido. He visto morir a decenas de soldados. Siempre he seguido adelante.

Sin embargo, esta mañana, cuando he entendido que Alexis había muerto, he pensado, por primera vez, que no podría continuar, que con esta muerte me rendía, que no superaría esta prueba, que superaba mis fuerzas. Cuando le he pasado la mano por el rostro para cerrarle los ojos, he sentido que ya no era capaz de continuar. Alexis tenía la piel suave de un joven de veinte años. Esa piel suave de su rostro cubierta por mi mano me ha dado ganas de llorar y abandonar. He pensado que la muerte de Alexis Guérande era una razón válida para rendirse. He pensado que la muerte de un joven de veinte años con una piel tan suave era una razón válida para dejar de intentar sobrevivir, para dejar de intentar salir adelante. He pensado que el mundo ya no tenía sentido si desaparecían los jóvenes de veinte años y piel suave.

Eso es lo que ha pasado hace un momento.

Solo eso.

Una simple muerte.

El derrumbamiento de un mundo.

Ahora puedes comprender mejor en qué estado de ánimo se encuentra quien se dirige a ti.

Y, pensando en los padres que deja Alexis, pensando en su dolor insuperable, en su duelo abrumador, en su vida destrozada, he pensado que yo a ti no te podía ofrecer eso. No se puede ofrecer como única promesa la angustia, la espera impotente de una probable desaparición, una especie de viudez sin haber estado nunca casados. No se puede dar tan poca esperanza.

No sé qué te ha dicho exactamente tu amigo Marcel, pero estoy de acuerdo con él cuando te pone «en guardia contra los enardecimientos del corazón». Creo que entiendo lo que intenta decirte cuando quiere ahorrarte posibles desilusiones y penas. Creo que deberías hacerle caso.

Respecto a lo que me cuentas sobre mi madre, y que no me enfada en tanto en cuanto estoy convencido de que ahora debe de sentirse menos sola, tras haber «conversado» contigo, no puede sino reforzar mi voluntad de ahorrarles a quienes me esperan el riesgo de una mala noticia que provocaría un sufrimiento puede que insuperable, o al menos de los que se tarda años en recuperarse.

Yo no puedo exigir eso a quienes amo, a quienes más quiero, entiéndelo, porque vuestro dolor multiplica el mío por diez. Y entonces esta inconcebible historia de la que, contra nuestra voluntad, somos protagonistas, nos hace infelices a todos.

Quiero decirte que creo que será mejor que me olvides, que es mejor que vuelvas tu mirada hacia el futuro, ya que tienes toda la vida por delante, que encuentres nuevos amores que no te hagan sufrir inútilmente. Hace falta un valor extraordinario para escribir esto, prueba de una desesperación inconmensurable, pero con ello quiero decir que debe prevalecer la razón, que la razón aún puede prevalecer antes de que todos nos volvamos completamente locos.

Amar a alguien es también, es sobre todo, protegerlo de los golpes que lo herirían de muerte.

Ser amado es poder esperar que el otro se salve antes de que sea demasiado tarde, que sacrifique un brazo gangrenado para evitar que la gangrena se propague y se lo lleve.

No me escribas. Si no me escribes, entenderé que has admitido el valor de mi razonamiento.

Te amaré hasta mi último aliento.

Arthur

Arthur mío:

Te escribo. En cuanto he recibido tu carta, sin pensarlo más, te escribo. No quiero que pienses, ni un solo segundo más, que podría admitir el valor de tu razonamiento.

Lo que me pides es inaceptable y sencillamente imposible.

No podemos decidir olvidar a quien amamos. No tenemos la forma de hacer algo así. Aunque quisiéramos —y yo no quiero en absoluto—, no lo conseguiríamos.

Estamos juntos. ¿Lo entiendes? Estamos juntos. No quiero nuevos amores. Y estoy dispuesto a recibir todos los golpes. Escribo esto en puro desorden, perdón. Pero necesito decirte con urgencia que te equivocas, que la vida es más fuerte, que lo que nos une es más fuerte, que la guerra no es nada, que volverás, que estarás vivo, que estaremos vivos.

Cargaría con todo el sufrimiento, si hiciera falta, con todo, puesto que tengo toda la felicidad.

Y quiero que cada minuto, cada segundo, recuerdes que estoy aquí, que solo estoy aquí para ti, para que eso te ayude a aguantar, un segundo, un minuto más, hasta sumar todos los segundos y todos los minutos hasta el fin de la guerra. Para que eso también te obligue a volver.

Un soldado muerto es un mundo que se derrumba definitivamente. Y dos cuerpos que se
revuelcan en el calor de una cama es un mundo
que renace. Piensa en los renacimientos, en las
reconquistas.

No mueras. No mueras.

Vincent

(Carta llegada a destino el 4 de septiembre de
1916).

Mi pequeño:

Por fin podré dejar Illiers y volver a París en los días inminentes. Tendré entonces el gozo de volver a verlo y de escucharle contar lo que ha hecho en este tiempo y quizá el estado de sus amores.

¿No encuentra que estos últimos días de agosto tienen algo muy desgarrador y parecen anunciarnos, con las tormentas que traen, un otoño amenazador? A veces tengo la sensación de que nunca saldremos de esta guerra y el mal tiempo que estamos sufriendo desde hace unos días parece querer recordárnoslo. Sé muy bien que no debería decirle esto, a usted, que espera el fin del conflicto porque significaría el regreso de su amado, pero es mi forma de ponerle en guardia contra las esperanzas vanas, las expectativas que desafían el sentido común, y creo que es mi deber, ya que siento que tengo un deber para con usted, prepararlo para lo peor, para que se lleve una grata sorpresa el día en que llegue lo mejor.

Puede que me reproche mis malos augurios o todas mis advertencias. Después de todo, ¿quién soy yo para permitirme estas libertades con usted? Respondo yo mismo, insistiendo: soy quien ha sufrido una desaparición. Soy quien conoce mejor que muchos otros el vacío de una ausencia y la espera en vano. No le deseo esa desolación. Está en la edad más celebrada, en la que hay que evitar la desolación. No tiene por qué aceptar nada que no sea ser feliz. Diría incluso que no debe, se lo exigiría.

Créaselo viniendo de este viejo desengañado en que me he convertido, que lo quiere como un padre, un hermano, un amigo.

Le envío un beso, querido Vincent, le estrecho entre mis brazos, deseando que este abrazo le dé el coraje que necesita.

Hasta muy pronto,
Marcel

10.ª compañía del 77.º
Regimiento de Infantería
El comandante

Señora Blanche Valès
32, rue des Plantes
París, distrito XIV

Verdún, 3 de septiembre de 1916

Señora:

Debo comunicarle con profundo pesar el fallecimiento de su hijo, Arthur Valès, soldado de segunda clase de mi compañía. Ha encontrado la muerte durante valerosos combates librados para reconquistar los territorios que el enemigo había ocupado.

Debe saber que nuestros soldados están librando aquí y en todo el territorio nacional heroicas luchas a costa de sus vidas para devolver a Francia su integridad y su honor.

Quiero transmitirle el agradecimiento que la patria le debe y le deberá para siempre a su hijo.

Sus restos serán trasladados por las autoridades militares en el plazo más breve posible al lugar que tenga a bien indicarnos.

Le ruego que acepte, señora, mi más sincero pésame, en mi nombre y en el del ejército francés.

Comandante Georges Gallois

Marcel:

Ha muerto.
   Él ha muerto y yo he dejado de vivir.

                                        Vincent

LIBRO TERCERO

A cuerpos descubiertos

Su madre está aquí. Está aquí, erguida, de pie delante de mí, el cuerpo rígido de dolor. Su rigidez recuerda a la de un cadáver. No es una expresión de dignidad, aunque en ningún momento dudo de la dignidad ejemplar de esta mujer. Es la inmovilidad del sufrimiento absoluto, la postura de quien lucha por no morir, por no tirarse por la ventana, aquí mismo, en ese instante, sin entender bien qué es lo que impide tirarse por la ventana. Tiene el semblante de quien lo ha perdido todo, de quien solo le queda esperar la muerte. Porque, en efecto, ahora lo único que queda por esperar es la muerte. Será lo único que suceda. Será el último acontecimiento. Aunque ni siquiera será un acontecimiento. Más bien una formalidad, una evidencia, un alivio, una conclusión lógica. La madre sabe que su propia muerte pasará desapercibida.

Su madre está aquí. Gris, como si tuviera el rostro de cera, como si toda la luz hubiera desaparecido, como si la sombra hubiera hundido todos sus rasgos, como si la oscuridad se hubiera apoderado de ella. Ya se ve que la blancura nunca volverá, que a partir de ahora la madre huérfana solo tendrá ese rostro, que ya no cambiará, que se ha quedado fijo en la grisura, en una especie de materia ferruginosa, fría para siempre. Si vive unos años más, este rostro acumulará las lógicas arrugas y se le marcarán surcos, pero no se tratará de una transformación, sino más bien de una evolución lenta, de un deterioro, de un refuerzo metódico del lado oscuro.

Su madre está aquí. Está en silencio. Más que eso: ella es el silencio. Es el aturdimiento. De su boca no sale ni una palabra, ni un solo sonido. Emitir el menor sonido le resulta imposible, lo tiene prohibido. Y, por otra parte, no intenta pronunciar una palabra, acepta este mutismo que se le ha impuesto, lo acoge como una bendición. ¿Qué diría? Y sabe que ante este silencio nadie se atreverá a hablar. Nadie se atreverá a dirigirse a ella. Y, en efecto, ¿qué se podría decir?

Su madre está aquí. Su presencia es casi insoportable. Desearía que esa mujer envuelta, enquistada en el sufrimiento, no estuviera aquí. Desearía no tener que enfrentarme a su presencia, con la que no sé cómo lidiar. Me siento aplastado por esa presencia, reducido por ella. Sin embargo, no hay desaprobación alguna en esa presencia, solo el enorme peso de una existencia destruida, en escombros.

Su madre está aquí. Aparto la mirada. Es lo primero que hago, sin pensarlo, apartar la mirada. No quiero ni saber que está ahí. No quiero correr el riesgo de tener que hacerle frente, de volver a encontrarme delante de ella. Siento una culpa inexplicable, absurda, y también la sensación muy clara y desestabilizadora de que hay motivos para volverse loco, para tirarse por la ventana, claro que los hay. Y las lágrimas. En cuanto la miro, las lágrimas. Su dolor me abruma.

Y dura mucho. La presencia de la madre, aquí mismo. Dura una eternidad, un tiempo infinito, un montón de minutos. Los segundos se espacian, se pueden contar, cada uno se separa del anterior de forma muy clara. El tiempo avanza de la forma más densa y pesada. Dura mucho. La presencia de la madre, aquí mismo.

Tengo que salir de la estancia donde está, huir. Tengo que alejarme de la que dio la vida a Arthur. Es demasiado para mí. El contacto con ella me devuelve a la pureza intacta de mi dolor, a la densidad original de mi tristeza.

Sin embargo, de pronto es ella quien, inexplicablemente, me retiene. Es ella quien, de repente, rompe el silencio. Dice: quédese, por favor. Eso y no otra cosa. Las palabras que pronuncia son: quédese, por favor. Lo dice con una voz incorpórea, cansina, lúgubre. Supongo que no puede evitar tener esa voz. No puede hablar de otra manera que no sea tratando de contener los sollozos. Tiene que controlar la voz para no llorar, o al menos para que la emoción no la traicione. Y eso deriva en una voz autoritaria, de las que dan órdenes que nadie se atrevería a desobedecer. Se convierte en una voz de mando, cuando nuestras relaciones deberían llevar a la que es nuestra gobernanta a la sumisión, a la disciplina. Es una voz que me impresiona, en la que creo reconocer el timbre de Arthur. Una voz de ultratumba.

Me quedo quieto. Abandono la idea de huir. Entiendo que ya no sirve de nada y que ha llegado el momento de enfrentarme a lo que, sin ser realmente consciente, estaba tratando de evitar. Me vuelvo hacia ella. No dice nada, ni tiene intención de disculparse por la dureza de su tono y lo inusual de su petición. Ya no guarda ese tipo de relación conmigo. Eso es lo que me dice al no disculparse, que nuestra relación ya no es la de una sirvienta con su amo. Sé que tiene razón.

Dice: voy a hablar con usted. Y, después, no volveré a hablar nunca más. Ni una palabra más.

¿Entiende usted que tengo que hablar, contarlo todo por fin, contarlo todo una vez y luego callarme para siempre? Es una obligación, una evidencia. Después, todo habrá terminado.

¿Entiende que es imposible guardarlo para mí y que, sin embargo, es lo que he hecho durante años? Es un secreto que quizá parezca insignificante y que, para mí, es enorme. Esa enormidad me ha reducido al silencio. Pero hoy necesito gritar ese secreto.

¿Entiende que me mata el arrepentimiento de no haberle confesado nada a mi hijo, que me suplicaba que hablara, y que, si no quiero que ese arrepentimiento me vuelva loca, tengo que contar al menos una vez lo que he ocultado durante todos estos años?

¿Entiende que ahora es usted el único a quien puedo hablar, el último? Es el último vínculo con mi hijo, el único testigo posible de esta historia. Mucho más de lo que puede imaginar, usted está en el centro de este secreto.

¿Entiende que le pido que borre un poco mi culpa, que admita que mi sufrimiento atenúa mi culpa?

No respondo. Sus preguntas no requieren respuesta.

Dice: usted es un joven de dieciséis años, no debería entenderlo y, sin embargo, sé que lo entiende todo.

Usted es la persona a la que yo no debería querer, a la que precisamente no debería querer confesarme, pero, evidentemente, es todo lo contrario.

Cuando Arthur no había cumplido los quince años, yo ya había visto que no podría amar a las mujeres y, en lugar de sentirme devastada, acepté aquel descubrimiento, lo acogí como algo contra lo que, sin duda, era inútil intentar luchar. No lo pensé. Tampoco fue un caso de indulgencia por mi parte, ni de complacencia. Simplemente estaba ahí. Nunca hablamos de ello. Y cada uno sabía que el otro lo sabía. Nunca fue un problema, tampoco fue tema de discusión. Solo una certeza entre nosotros, tranquila y silenciosa.

Creo que supe que se había enamorado de usted antes de que él mismo lo supiera. Una madre adivina estas cosas. Sabe observar las miradas de su hijo, sus actitudes, el cambio en sus miradas y en sus actitudes. Arthur ya no era el mismo desde que empezó a verlo a usted. Y me hablaba más de usted que de cualquier otra persona. En sus cartas me pedía noticias suyas. Hay señales que no engañan. Aunque sean imperceptibles, una madre las capta. Yo conocía a mi hijo mejor que a mí misma. Y usted no veía nada.

Escucho lo que me dice la madre. Estoy completamente absorto en ello. Oigo por primera vez el uso del imperfecto, y oír hablar de Arthur en pasado me golpea más de lo que puedo expresar. Escucho la historia contada sin haber pedido nada. Escucho la historia revelada, yo que no sé nada de lo que me ha precedido. Escucho la confesión de la madre sobre el amor de su hijo y estoy a punto de desmayarme. Escucho esta frase: «yo conocía a mi hijo mejor que a mí misma», y comprendo lo que es una vida entregada a otra persona. No digo nada.

Dice: a usted le he observado muchas veces sin que se haya dado nunca cuenta. Durante mucho tiempo pensé que era muy joven, demasiado joven. Eso es lo que me inquietaba, mucho más que la diferencia de clase social, por ejemplo. Enseguida vi que mi hijo sentiría la necesidad de vivir su historia con usted, que no renunciaría a ella. Pensé: tal vez más adelante. Pero llegó antes de lo que imaginaba. No supo esperar. O no pudo.

Él vio en usted su candor, su rectitud, la ligereza de sus dieciséis años, su belleza. Acepté que sin duda era una buena elección. No crea que soy una madre complaciente. Simplemente, busqué la felicidad para mi hijo.

La última vez que volvió, no hizo falta que dijera nada. Desde el primer momento supe que había tomado una decisión, que iba a declararse a usted, que nada podría disuadirlo. Estaba decidido y serio. Sabía lo que hacía, lo que quería. Estaba feliz.

Y la primera noche, cuando vi que no volvía, comprendí lo que había pasado. No debería decírselo a usted, pero lloré. Lloré porque, de repente, era verdad, ahí estaba. Su diferencia se manifestaba y, por primera vez, yo no la ignoraba. Sin embargo, venía de lejos. Creía haberme acostumbrado. Pero, para una madre, saber que el cuerpo de su hijo está con el de otro chico es algo inconcebible. Sí, eso es, exactamente: algo inconcebible.

Pienso en el valor que hay que tener para hablar del hijo muerto, en esa forma de trascenderse meramente para poder hacer eso, y luego en esa fuerza casi inhumana para hablar sin un ápice de reproche de una orientación que nunca habría elegido para su hijo. Pienso que mi madre no podría hacer lo que esta mujer está haciendo ante mis ojos, que quizá ninguna otra mujer podría. Ninguna madre, en cualquier caso. Y no sé si lo que está ocurriendo me produce admiración o incomodidad.

Dice: el resto del tiempo, insistió en su silencio. Quiero decir: no contó lo que estaba pasando entre ustedes. Pero yo veía que era feliz. Y aquella felicidad, llegada justo después de las atrocidades vividas, llegada antes de las que se avecinaban, aquella felicidad era indiscutible.

Dice: hay algo que quiero preguntarle, que me prometí preguntarle. Es muy íntimo, sin duda indiscreto, pero supongo que necesito estar segura de la respuesta, necesito saber la verdad exacta. ¿Lo amaba usted tanto como él a usted? ¿Era consciente del amor que él sentía por usted y respondió en consecuencia? No me gustaría saber que esta historia pudo haber sido solo una aventura para usted, aunque al mismo tiempo entendería que un chico de dieciséis años que tiene toda la vida por delante no le da a las cosas la misma importancia que un hombre de veintiún años que va a morir.

Por primera vez, me toca hablar a mí. Por primera vez, tendré que contar esta historia. Estoy temblando. Eso es lo primero que siento: temblores por todo el cuerpo. Tardo bastante en poder decir algo y veo que la madre me concede ese tiempo, que su espera es una forma de comprensión. Al final, digo: no estaba preparado para esto. No vi venir nada, no deseé nada, no provoqué nada. Todo me fue dado, un día. Y lo que puedo decirle es que lo tomé todo, sin pensar, sin dudar, que era como algo incuestionable. Y no le di más vueltas, no lo consideré necesario. Aproveché el momento, la intensidad del momento. Fui absolutamente sincero, sin mancha. Cuando él se fue, pude ponerle un nombre a todo aquello. Es el nombre que usted misma utiliza.

La madre parece aliviada por esta confesión. Es un alivio terrible. El amor, después de todo, mejor que nada. Un chico que ama, mejor que una mujer a la que fingir amar. Ni siquiera es un consuelo, porque ella ya es inconsolable. Pero es un tormento menos, y en el horror en que se ha convertido su vida cotidiana, eso cuenta.

Me pregunto si imagina a su hijo entre mis brazos. Es la pregunta que me hago, quizá malsana o fuera de lugar. Es la pregunta que me viene a la mente. Supongo que me gustaría que ella tuviera los mismos recuerdos que yo, que conservara las mismas imágenes, dado que a mí esas imágenes me parecen muy puras. Y lo son, claro está, son puras. Pero es evidente que ella no puede imaginar nada, y es probable que ni tan solo quiera imaginar nada. Sin embargo, al igual que yo, conoce la suavidad de la piel, la fuerza del abrazo. Sé que también compartimos un cuerpo.

Sé que Arthur también es ella. Es ella ante todo.

En el rubio extenuado de la madre, en la claridad de la mirada, en el hastío de ciertos gestos, en el uso de ciertas palabras, reconozco al hijo. Esa filiación está ahí, ante mí, muy real, tangible, terriblemente tangible.

En ese momento, sin que yo lo sepa todavía, nuestros pensamientos, los suyos y los míos, avanzan juntos en la misma dirección. Estamos pensando en el padre. Es el padre a quien busco en esa parte de la expresión de Arthur que no es la expresión de la madre. Y es al padre a quien ella quiere llevarme cuando anuncia su intención de revelarme su terrible secreto.

Y, precisamente, me dice: tiene que saber que, en nuestro último encuentro, y por primera vez desde la adolescencia, volvió a hacer preguntas sobre su padre. Lo dice despacio porque es ahí adonde, desde el principio, quería llegar. Lo dice como la prolongación lógica de lo que me ha dicho antes. Lo dice como lo diría alguien que espera liberarse al decirlo. Se le ve el rostro más concentrado, nada más, la mirada fija en algún punto a mi izquierda, la voz se vuelve más mecánica, como si se preparara para recitar un texto que se sabe de memoria. Y, por supuesto, supongo que ha repetido las palabras cientos de veces en su cabeza, que son como una piedra pulida por el tiempo, cuyos ángulos se han redondeado, que esa piedra cabe en la palma de la mano. Esa piedra es toda su vida.

Dice, sin que yo haya dejado traslucir nada: sé lo que está pensando. Piensa: mira, está a punto de contar su historia, se la sabe de memoria, intentó olvidarla, librarse de ella, pero enseguida tuvo que admitir que es imposible, de modo que cogió la historia y la guardó en un rincón de su cerebro y decidió no revelarla nunca, callarla. Pero callarla es obligarse aún más a convivir con ella, es verla crecer hasta que ocupa todo el espacio, es arriesgarse a la locura. Solo sabe que debe callar a riesgo de volverse loca. Y eso es lo que he hecho hasta hoy: he guardado silencio y he llegado al borde de la locura. Casi pierdo a mi hijo por ello, aunque al final lo he perdido de todos modos. Todo esto debe de parecerle un poco desquiciado, ¿verdad? ¿Un poco absurdo? Incomprensible, sin duda. Pero eso es porque no sabe lo que es la vergüenza. No lo sabe, ¿verdad? Es un sentimiento que usted nunca ha experimentado. No la vergüenza pasajera, por alguna mentirijilla, una pequeña traición, una ligera humillación. No. La vergüenza que abruma, aplasta, te envuelve hasta convertirse en ti misma. Cuando echo la vista atrás a estos últimos veinte años, lo primero que siento es vergüenza, que lo cubre todo, que lo contamina todo, que lo invade todo. Y, en el momento de confesarle la verdad, es esa vergüenza la que siento, con todo mi cuerpo, con todo mi sentir. Una vergüenza que nunca se irá.

Me gustaría decirle: no me cuente nada. No tiene por qué hablar. Tiene derecho a seguir callando. Y, además, tiene razón: ¿por qué hablarme a mí? Pero intuyo que sería inútil, que no ha llegado hasta aquí para detenerse ahora. Así que la dejo continuar. Y la inquietud y el malestar se apoderan de mí. Me vuelve a temblar todo el cuerpo. Las reacciones del cuerpo son las que mejor me hacen comprender lo que siento.

Dice: primero debe imaginarse el frío del invierno de 1894. Un frío terrible y que no acababa nunca. Un frío asesino. Aquel invierno vi tantos cadáveres como los que ven algunos soldados en el campo de batalla.

Cubrían las calles. A veces tardaban varios días en recogerlos. Mi madre y yo vivíamos al lado de Porte des Lilas. En un edificio sin encanto, pero que me gustaba. Teníamos por vecino a un antiguo profesor que me descubrió la literatura francesa. Para mí, Porte des Lilas es, ante todo, Jean-Jacques Rousseau, Victor Hugo y la poesía de Arthur Rimbaud. Habíamos llegado a París diez años antes, tras la muerte de mi padre. Vivíamos de los trabajos domésticos que mi madre hacía aquí y allá. Pero mi madre cayó enferma. Unas fiebres incurables. Murió en quince días. No tenía ni cuarenta y cinco años. Me quedé sola. Me echaron a la calle porque era demasiado joven y no tenía dinero para pagar el alquiler. Eso es lo que debe usted saber: tenía veinte años y, en aquel invierno gélido, vivía en la calle. No lo cuento para que se apiade de mi mala suerte. Fue hace mucho tiempo y, al fin y al cabo, yo era como muchas chicas de mi edad. La miseria es algo que se comparte. También es algo que no se exhibe.

Pienso: aún estoy a tiempo de irme, de huir, de no escuchar esta historia, aún estoy a tiempo de escapar. Pero no huyo. Me quedo. Me quedo para escuchar el resto de la historia. Siento que hará que toda mi vida dé un vuelco.

Dice: se llamaba Gisèle. Es un nombre bonito. Si hubiera tenido una hija, la habría llamado Gisèle. Parecía un animalillo. Tenía cara de niña, llena de pecas. No tenía ni veinte años. A veces nos acercamos a algunas personas sin saber por qué pero sabiendo que tenemos que hacerlo, que es con ellas con quienes nos apetece hablar.

Me acerqué a Gisèle sin que ella hubiera hecho nada para ello. La imaginé como una posible compañera de infortunio y, sin duda, lo era. Nos contamos nuestras vidas, como si nos conociéramos desde hacía años. Al acabar, dijo simplemente: yo he encontrado la forma de escapar de todo esto. Basta con vender el cuerpo, ya que es lo único que nos queda. Veinte años después, sigo oyendo esa frase resonar en mis oídos, la oigo con absoluta claridad. Es de esas frases que no se olvidan.

Entiendo el rumbo que toma el relato. Entiendo adónde vamos. Tengo dieciséis años, el pelo negro, los ojos claros. Me llamo Vincent de L'Étoile y sé a dónde me lleva esta mujer de cuarenta años que aparenta sesenta, gobernanta de profesión. Y la seguiré adonde vaya.

La miro: tiene veinte años. La miro: es rubia, tiene la piel suave y una expresión cansada, tiene miedo. La miro: cruza la puerta que Gisèle le sostiene, atraviesa la puerta y se sumerge en el infierno para intentar salir de otro infierno. Es principios de primavera, la escarcha de abril, deja atrás los árboles que el viento hace temblar, una juventud pobre y digna, quizá ilusiones, y entra en el calor artificial de una antigua mansión burguesa reconvertida en burdel. Viene a vender su cuerpo, ya que es lo único que le queda.

Pienso en el valor que hay que tener, en la desesperación que eso supone. Es abismal. Contemplo el abismo.

Y, de repente, vuelve a ser la mujer de cuarenta años que aparenta sesenta. Cierra los ojos. Me habla en silencio. De repente, veo el peso de los años y el de la vergüenza. Veo el rostro hundido y destrozado, el cuerpo que le pesa, el cabello despeinado, todo su ser abatido, abrumado. Lo entiendo todo.

Dice: fueron muy amables conmigo, muy acogedores, como se trata a una alumna recién llegada al internado. Y aquella amabilidad era absolutamente repugnante. Creo que hubiera preferido hosquedad y brutalidad. Aquella amabilidad era la verdadera violencia.

Pienso en Víctor Hugo, leído en casa del viejo profesor. Pienso en los Thénardier. Creo que la vida es peor que la literatura.

Dice: recuerdo cuando lo vi entrar. Él era tan oriental como yo rubia. Su rostro era tan ovalado como mi cuerpo, delgado. Su aire era tan aristocrático como mi aspecto, popular. Su terror era tan grande como el mío. No lo odié por lo que era. Lo odié por lo que representaba. Pero pensé: mejor él que otro, mejor este joven aterrorizado que un vejestorio. En mi repugnancia, imaginaba que había grados posibles. Me equivocaba.

Un hombre al que le das tu cuerpo a cambio de dinero sigue siendo un hombre al que le das tu cuerpo a cambio de dinero. Ni más ni menos. Para qué engañarse. Puedes buscar excusas, pero no las hay. Puedes intentar minimizar la culpa, pero será en vano. Porque al final solo quedará lo que has hecho, lo que has consentido hacer, lo que te han obligado a hacer. Solo cuenta eso, nada más. La suciedad, la frialdad, la vulgaridad, la vergüenza pasan delante y ocupan todo el espacio. Quizá hay mujeres que llegan a asumirlo, a vivir con ello y a acomodarse, pero yo no las he conocido y no fui una de ellas.

Seguro que hay quien consigue no tener un criterio moral. Quién sabe si no tienen razón. Lo que está claro es que viven bien.

Podría decirle: yo soy uno de esos, yo no tengo un criterio moral, no sé lo que es eso. Pero sería inaudible. No veo qué falta se ha cometido, por muy consciente que sea del sentimiento de culpa que ha generado, pero ella no entendería que yo dijera eso. Sin embargo, pese a ese convencimiento de que la voy a escandalizar, de pronto oigo mi voz decir: yo no tengo un criterio moral. Las palabras salen sin que yo las controle. Las palabras salen aunque sé que son incomprensibles y que pueden dañar la confianza que la madre había depositado en mí. Y, en efecto, se produce un cambio brutal en su mirada. Su mirada me quiere transmitir su decepción, su desaprobación. Su mirada me quiere decir que se ha equivocado al decidir confiar en mí. Todo su ser se cierra. Porque yo debo admitir que hay culpa. Si no, todo el proceso expiatorio carece de sentido. Si no me escandalizo, no puedo entender su relato, la vergüenza, el calvario que le ha supuesto. Siento que la conversación va a terminar ahí, que algo se ha derrumbado, se ha destruido y no vamos a poder reconstruirlo. Entonces, en un intento de salvar ese vínculo único antes de que desaparezca del todo, digo: Arthur me quería por esto. Entre otras cosas. Por mi indiferencia hacia el mundo, por mi capacidad de que no me afectara nada, que es una de las formas más completas de libertad. Porque es eso: Arthur me quería por mi libertad. Y enseguida veo que el argumento da en el blanco, que la evocación del hijo, del amor del hijo por mí, reconstituye de golpe el vínculo entre ella y yo. De repente, recordamos que lo que nos acerca, lo que nos ata el uno al otro, es esa muerte interpuesta entre ambos. Sentimos la presencia de ese difunto entre los dos. Volvemos a estar juntos, ella y yo. Y ella empieza a aceptar lo que soy yo y a mirar su propia vida con otros ojos que no son los suyos. Gana un poco de libertad.

Retoma el hilo del relato: era un joven de veintitrés años. Eso lo supe después. Al principio, no dijo casi nada. Pese a su aire arrogante, estaba terriblemente intimidado. Pensé que no frecuentaba mucho ese tipo de establecimientos, que a lo mejor también era una primera vez para él. En el fondo esperaba algún tipo de solidaridad, de comprensión. Pero me equivoqué: lo que no frecuentaba no era aquel tipo de locales, más bien al contrario, lo que no frecuentaba era a las mujeres. Lo percibí enseguida en su torpeza, en su brusca falta de tacto, en su falsa seguridad que enseguida se redujo a un miedo, casi pavor, en la impresión que daba de estar fuera de lugar, de no saber por qué estaba allí, en su deseo de huir. Y, al mismo tiempo, había en aquel joven una férrea voluntad de quedarse, de aguantar, de llegar hasta el final de una lógica absurda que a todas luces le habían impuesto otros. Así que cumplió con su deber de forma concienzuda y lamentable, de manera expeditiva, como se hace con una tarea pesada que hay que quitarse de encima. Creo innecesario precisar que yo también estaba aterrorizada y, por lo tanto, poco acogedora. Formábamos una pareja lamentable. Eso es lo que recuerdo: nuestra miseria, nuestro malestar. Un fiasco total.

Después, el joven sintió la necesidad de hablar, no tanto para justificarse ni disculparse como para confesarse. Lo que parecía buscar era un oído atento, alguien que lo compadeciera y también alguien a quien pudiera contar su verdad sin temor a que luego la revelaran. Enseguida admitió su escaso interés por las mujeres y su poca experiencia en lo físico. Mencionó su práctica intensa de la masturbación, lo que él llamaba «sus malos hábitos». Precisó que era su padre quien le daba dinero para ir al burdel. Al oírlo, empecé a llorar y ya no sé si lloraba por él o por mí misma. El caso es que aquel encuentro rápido y aquellas confesiones íntimas me estaban dejando la sensación de una mancha indeleble. En cuanto el muchacho salió por la puerta, me vestí, bajé a saltos las escaleras, salí corriendo a la calle y nunca más volví a poner los pies en aquel burdel ni en ningún otro. Mi experiencia con la prostitución terminó ahí, pero, veinte años después, siguen siendo aquellas cortas horas las que más me obsesionan cuando voy a dormir.

Usted, aunque diga no tener criterio moral, tiene derecho a expresar su desprecio si es lo que siente. No se lo reprocharé. Siempre será un desprecio menos fuerte que el que sigo sintiendo yo después de todos estos años.

La miro, apesadumbrada por la humillación. Vuelvo a pensar en el valor que hay que tener para aceptar lo que ella considera lo más degradante para una mujer. Pienso sobre todo en el valor que hay que tener para hacer semejante confesión. Es abnegación, una suerte de olvido de sí misma. Se acaba de crear una intimidad entre los dos blindada. Un joven y una mujer de cuarenta años no pueden estar más cerca el uno del otro de lo que estamos nosotros ahora mismo. Lo que está sucediendo es improbable.

Preferiría que el relato terminara, que todo acabara aquí, que no hubiera que escuchar nada más, ni recibir más golpes, pero está visto que el secreto aún no ha sido desvelado. Hay que llegar hasta el final de esta pesadilla.

Dice: a las seis semanas vi que estaba esperando un hijo. Lo dice como si se refiriera a algo que le sucediera a otra persona, lo dice de forma incorpórea, distante, casi médica. Supongo que es el único tono que se puede emplear para evitar los sollozos, que es la distancia necesaria para no derrumbarse. Supongo también que el embarazo inesperado e ilegítimo es necesariamente la consecuencia lógica, de una lógica aplastante, de aquel «fiasco total», que es el precio a pagar. El precio a pagar.

¿Puede ser un hijo un precio a pagar?

Dice: aquel hombre es su padre, sin duda posible. Es el único que puede ser su padre. ¿Cómo confesarle eso a un hijo? En el certificado de nacimiento mandé poner: nacido de padre desconocido.

Arthur nació en Saint-Vallier, un pueblo del sur de donde es originaria la familia de mi madre. Nadie habló nunca delante de mí de aquel embarazo escandaloso. El niño nació en silencio, bajo un manto de plomo. Volvimos a París cuando empezó a andar. Entré al servicio de los padres de usted.

Se preguntará por qué me quedé con el niño. En Saint-Vallier, había una de aquellas hacedoras de ángeles, que manejaba muy bien las agujas de tejer. Habría sido fácil deshacerse de aquel hijo. Incluso deseable, supongo. Pero no fui capaz, así de sencillo. Hay cosas que no se pueden forzar. No pude. No pude.

Dice: no me arrepiento de nada. Me habría ahorrado años de oprobio, claro, me habría ahorrado este sufrimiento de hoy, pero tampoco habría tenido la felicidad, el tiempo incomparable de felicidad.

Esta frase se me aparece como una revelación. Sí, es obvio, solo el recuerdo de la felicidad permite acabar aceptando la desgracia presente, vivir con ella en lugar de morir. Y entonces, en el silencio, vuelven las risas sonoras, los cuerpos arrojados sobre la cama, las miradas cómplices, los besos lentos, las fatigas saciadas, las promesas no formuladas pero oídas, las luces violentas de un verano triunfante. Sí: la felicidad.

No tuvimos tiempo de ser infelices juntos.

Se lo digo a la madre: solo hemos tenido felicidad, nada más. Debe saberlo: la felicidad lo llenaba todo. A menudo es así en el frenesí de los primeros días. Pero no eran los primeros días. Eran nuestros días. Los siete días con Arthur son toda nuestra vida juntos, toda una existencia en pareja.

Nosotros no envejeceremos juntos. Lo nuestro es otra cosa, que no tiene nada que ver con el tiempo.

La madre llora. Por primera vez, llora. Son lágrimas suaves, casi tranquilas, que purifican. No deja de mirarme mientras llora. Sus ojos llenos de lágrimas están fijos en mí, no se apartan. Dicen gracias.

Deja pasar un rato antes de volver a hablar, como en los momentos de recogimiento en la iglesia. Y luego dice:

tengo que acabar mi relato, tengo que confesarle lo que aún no sabe, lo que le falta. Dice: hemos llegado al punto en el que su historia y la mía se unen, en una de esas casualidades asombrosas. Dice: usted conoce al padre de Arthur. Dice: su amigo Marcel es el padre de Arthur.

Una explosión. Y, en un segundo, un torrente de imágenes: el joven de veintitrés años, de tez oriental, rostro ovalado y modales aristocráticos, el joven que no ama a las mujeres y que va al burdel porque le obligan, el joven solitario, onanista, inconsolable. El padre improbable, que desconoce su paternidad. El padre homosexual cuyos gestos reconozco en los de su hijo. El padre que no sabe que su hijo ha muerto. El amigo que no me desaconseja el amor hacia los chicos, pero que me pone en guardia frente al amor de ese chico que es su hijo. El pacifista que pierde a sus seres queridos en la guerra. En un segundo, como en el instante que precede a la muerte, según dicen, todo vuelve. Una explosión.

¿Podría haber mentido la madre?

Su mirada sigue fija en mí, pero las lágrimas han desaparecido. En su lugar, hay una expresión tranquila y a la vez terrible. Ha llegado al final de su confesión. Lo ha dicho todo. Se siente aliviada. Ha cumplido con su deber.

Se queda quieta, exhausta. Ha terminado. Ella ha terminado. Para mí, esto es solo el comienzo.

Ahora estoy solo, completamente solo. Detengámonos un momento y tratemos de medir el alcance de esta soledad. Mi única compañía es ahora el peso de un secreto, la tristeza de un duelo, la certeza de que lo que me espera será peor que lo que he conocido. Su ausencia es un vacío, una amputación, la manifestación de una incompletitud imposible de resolver. Esta pérdida es la mayor de las pérdidas. Si tuviera que comparar las ganancias con las pérdidas, la respuesta es inevitable, ganaría menos de lo que he perdido. Entonces, ¿por qué jugar? No obstante, la indiferencia es una postura imposible. Por la misma razón se vuelve inconcebible desear a nadie más. Ya no podré amar a los hombres.

Ella ha terminado. Para mí, esto es el comienzo.

No le escribiré más. Esta es mi última carta. Me voy.

Me voy porque hay que irse, porque es imposible hacer otra cosa, imposible sustraerse a esta evidencia.

Me voy para escapar del silencio ensordecedor, de la muerte lenta, de la mediocridad espantosa, para escapar de esta guerra que es la causa de mi desesperación, del barro, para escapar de la infancia, de la familia, de la tierra, de todo lo que retiene, de todo lo que lleva hacia atrás.

Me voy porque, en este otoño sucio y lluvioso que se avecina, lo que quiero es sol. Agua clara.

Sueño con Italia, con África, con Oriente. Sueño con el exilio. Sueño con cruzar montañas y llegar a llanuras, a lagos imperturbables, a campos de calma. Sueño con caminar hasta el mar y luego adentrarme en territorios áridos, en paisajes interminables. Sueño con llegar a la punta de un continente, al final de un territorio, a la desaparición de los hitos que guían. Sueño con lenguas incomprensibles, con un calor sofocante, con paisajes extraordinarios, con ruidos peligrosos, con una luz hermosa.

Sueño con no pensar en nada, buscando en el vacío alguna tranquilidad.

Intuyo que me esperan dificultades, la primera la necesidad de sobrevivir, de hacer los peores trabajos para existir un día más, de vagar a veces entre los mendigos en los callejones infectos de ciudades remotas, de romper piedras y construir iglesias en pleno desierto, de arriesgarme a la locura. Nada de eso me da miedo. Lo acepto todo. Mejor dicho, lo busco.

Creo que la indigencia y la precariedad son lo único que aún puede salvarme.

Usted no puede hacer nada, Marcel. Usted, menos que otros quizá, no puede retenerme.

Me llevo conmigo a mi muerto.

Me lo llevo a mis viajes, de los que yo mismo probablemente solo volveré muerto.

¿TE HA GUSTADO
ESTA HISTORIA?

Escríbenos a...

plata@uranoworld.com

Y cuéntanos tu opinión.

Conoce más sobre nuestros libros en...

 plataeditores

 PlataEditores